# Vampire wie wir

## Von: PFG

Bibliografische Information der Deutschen Nationalbibliothek:
Die Deutsche Nationalbibliothek verzeichnet diese Publikation
in der deutschen Nationalbibliografie, detaillierte bibliografische
Daten sind im Internet unter dnb dnb.de abrufbar.


TWENTYSIX – Der Self–Publishing–Verlag
Eine Kooperation der Verlagsgruppe Random House und
BoD – Books on Demand

Herstellung und Verlag:

BoD – Books on Demand, Norderstedt

ISBN  9783740714734

# Kapitel 1

Es war an einem kühlen, aber klaren Februarabend im Jahre 1666. Ich ging mit meinen Freunden des Abends in einen sehr gemütlichen und ruhigen Pub, etwa zwanzig Minuten von unserem Wohnhaus entfernt. Er lag somit zwar etwas außerhalb der Stadt aber das war uns egal, da wir die Atmosphäre dort mochten.

Als wir ankamen, erwartete uns bereits die erste Überraschung, bei der es wahrlich nicht bleiben sollte. Und zwar war der Pub menschenleer. Normalerweise war nicht viel los, auch freitags nicht, aber diesen Freitag war absolut niemand außer uns und dem Barkeeper da.

Das war das Nächste, was mir auffiel, der Barkeeper. Es war nicht der gleiche, der für gewöhnlich da war, weil ihm der Pub gehörte. Da wir Stammkunden in diesem Lokal waren, kannten wir den Besitzer, Robert und seine Frau Mary, die ihm in der Küche und hinter dem Tresen half. Jeden Tag arbeiteten die beiden im Pub und sonst hatten sie keine Angestellten.

Es lag ein Hauch von Kälte in der Luft. Kälte gepaart mit einem schweren Geruch, der mich an Frost erinnerte. Wenn es im Winter gerade gefroren hatte und der erste Schnee noch nicht gefallen war lag immer ein ähnlicher Geruch in der Luft. Das Licht im Pub erschien mir ebenfalls dunkler als sonst. Der Barkeeper hatte all die üblichen Lampen leuchten, die auch sonst immer an waren, doch irgendwie erschien mir die Beleuchtung schwächer zu sein.

Aber wir begaben uns, nachdem wir unser Bier bestellt hatten, unbeirrt an unseren Stammplatz und unterhielten uns über die Ereignisse des Tages.

„Ist euch heute auch aufgefallen, dass kaum Blut aus der Frau kam, als Dr. Livingstone sie operiert hat?", fragte Simon in die Runde.

„Doch. Irgendwie schon. Jetzt wo du' s sagst. Es kam wirklich wenig Blut aus ihr. Sonst ist Livingstone doch immer von oben bis unten damit bespritzt.", bemerkte Steven.

Darauf schaltete sich Damon ein: „Vielleicht hat sie den einen oder anderen Aderlass zu viel hinter sich gehabt."

„Wer weiß, ich meine, er bindet ja schon immer ordentlich die Körperteile, die er amputiert ab. Und trotzdem spritzt es immer ganz ordentlich das Zimmer voll. Diesmal aber irgendwie nicht.", sagte Julian.

Darauf machte Simon ein finsteres Gesicht und flüsterte geheimnisvoll und düster: „Ja. Oder möglicherweise ist eine Bestie in der Stadt, die den Leuten das Blut aussaugt." Direkt nachdem er den Satz beendet hatte deutete er mit einem Grinsen zu mir herüber. Er machte immer wieder gern Scherze über mein Interesse an Gruselgeschichten, aber ich nahm ihm das nicht übel und lachte oftmals auch mit, da einige seiner Scherze wirklich gut waren. Aber diesmal hatte ich der Unterhaltung nur nebenbei gelauscht, da meine Augen und Gedanken immer noch bei dem seltsamen Barkeeper waren. Immer wieder wanderten meine Blicke durch den Pub und landeten am Ende bei ihm, egal wie sehr ich mich auch dagegen zu wehren versuchte. Auch sein Aussehen war sehr sonderbar.

Er trug ein vornehmes Leinenhemd und eine sehr elegante Stoffhose, für einen einfachen Gastwirt doch eher ungewöhnliche Bekleidung. Aber nicht nur seine Kleidung war seltsam, auch sein restliches Erscheinungsbild hatte etwas sehr Unheimliches. Der Mann hatte, langes, schwarzes Haar, tiefe dunkle Augen, die ebenfalls schwarz zu sein schienen und seine Haut war ungewöhnlich hellweiß, fast schon leuchtend, in dem schummerigen Licht des Pubs.

Der Barkeeper musste meine Blicke längst bemerkt haben, ließ sich aber nichts anmerken. Es war so als würde mir eine fremde Macht befehlen ihn anzusehen und genauestens zu mustern.

Die anderen sahen mich gespannt an als ich mich wieder der Unterhaltungsrunde zuwandte.

„Lebst du auch noch?", fragte Simon, mit spöttischem Unterton.

„Und was hältst du jetzt von meiner Theorie?", fragte er weiter.

Ich versuchte mich zu erinnern, worüber sie geredet hatten, aber es wollte mir beim besten Willen nicht einfallen und so antwortete ich einfach mit: „Äh. Ja. Warum eigentlich nicht?"

Die anderen fingen an zu lachen und Damon brachte, während des Lachens hervor: „Oh, Mann. Samuel. Du machst uns fertig. Nimmst wohl zu viel Laudanum, was? Glaubst du ernsthaft, dass eine Bestie in der Stadt, die Leute aussaugt? Du bist einer."

„Ach so. Nein, das meinte ich gar nicht. Ich war in Gedanken bei dieser neuen Theorie, die kürzlich entdeckt wurde von diesem Harvey. Die besagt, dass das Herz etwas mit dem Blutkreislauf zu tun hat und vielleicht hat die Person ja ein schwaches Herz gehabt und deshalb kam kaum Blut beim amputieren raus."

Nachdem sich meine Freunde wieder beruhigt hatten, fing ich an eine neue Unterhaltung vom Zaun zu brechen: „Sagt mal. Ist euch der Barkeeper auch schon aufgefallen? Also ich find den irgendwie unheimlich. Und ich frage mich, wo Robert und Mary sind."

Die anderen wollten gerade etwas sagen, da ertönte neben mir eine finstere Stimme, mit fremdländischem Akzent: „Das Bier, die Herren. Und um Ihre Neugier zu befriedigen. Ich bin ein Cousin von Robert und habe mich bereit erklärt auf das Lokal aufzupassen, während er und Mary Urlaub im Norden des Landes machen. Ach ja. Mit solchen Schauergeschichten von Bestien, die das Blut der Menschen aussaugen, sollten Sie besser nicht so achtlos umgehen. In meinem Heimatdorf in Transsylvanien ist einem Mann genau das Wiederfahren. Also passen Sie auf sich auf.", dann entfernte er sich mit einem kalten Lächeln auf den Lippen. Während er das Wort Bestie sagte fiel mir etwas in seinen Augen auf; ein flackern oder glitzern. Sein Blick schien mich die ganze Zeit, in der er an unserem Tisch gestanden hatte, zu durchbohren und seine Stimme wurde von einem eisigen Hauch umweht. Als er wieder an den Tresen zurückging, glaubte ich einen Windhauch im Nacken zu spüren, aber das konnte ich mir auch eingebildet haben.

Ich beschloss meine Freunde mal darauf anzusprechen: „Jungs. Sagt mal. Habt Ihr nicht auch diesen eisigen Hauch in seiner Stimme bemerkt und als er gegangen ist, habt Ihr da auch einen Windhauch im Nacken gespürt?"

„Also, das mit dem eisigen Hauch in der Stimme kann ich bestätigen.", sagte Damon und die anderen nickten zustimmend. „Aber, den Windhauch hast du dir sicher nur eingebildet. Oder du trinkst zuviel.", meinte Steven ernst.

„Ich trinke kaum. Zumindest in letzter Zeit, da ich die meiste Zeit in der Universität bin und noch beim Chirurgen aushelfe. Ich denke ich bin einfach nur überarbeitet."

Aber insgeheim wusste ich, dass Steven recht hatte. Ich trank in den letzten Wochen wirklich übermäßig viel, aber ich glaubte ich würde dem Arbeitsaufwand anders nicht standhalten können.

„So Jungs. Jetzt lasst uns mal ordentlich trinken. Es ist Freitagabend und ich bin immer noch nüchtern. Das kann ich nicht hinnehmen. Also, hoch die Becher!"

Lachend stimmten wir zu und erhoben unsere Becher, um anzustoßen. Wir tranken, lachten und unterhielten uns den ganzen Abend. Und je mehr wir tranken, desto mehr fielen mir die Augen des Barkeepers auf. Sie schienen jetzt nicht mehr nur dunkel zu sein. Sie waren jetzt Pechschwarz, dessen war ich mir nun sicher. Allerdings hatte ich nicht vor, die anderen davon in Kenntnis zu setzen, da sie mich sonst noch für vollends geisteskrank gehalten hätten.

Und so tranken wir unbekümmert weiter und wurden immer betrunkener. Der Drang mich zu erleichtern überfiel mich und so machte ich mich auf den Weg das Außenhaus zu benutzen. Mein Verschwommener Blick machte mir die Navigation durch das Lokal nicht sehr einfach, doch nach einigem hin und her mit meinen unwilligen Beinen fand ich den Weg in den Hinterhof. Der schmale Durchgang stützte mich beim Schwanken nach links und rechts ab. Als ich den Hof erreichte sah ich nach oben. Schwindelerfüllt drehte sich der nächtliche Sternenhimmel und der volle Mond leuchtete mir den Weg. Beim Öffnen der Tür schlug mir der Gestank abgestandener Fäkalien und Urins aus der Sickergrube entgegen. Umständlich öffnete ich meine Hose und erleichterte mich laut plätschernd. In Gedanken versunken pinkelte ich in die Grube als draußen etwas laut schepperte und eine Katze aufschreckte. Meinen Kopf halb nach hinten gedreht rief ich: „Trink dir noch einen, dann läuft es sich besser!", dem schob ich ein Lachen hinterher. Nachdem ich mit pinkeln fertig war putze ich mir die Hände an meiner Hose ab, verpackte mich wieder und öffnete die Latrinentür, in der festen Erwartung einen meiner betrunkenen Freunde zu sehen.

„Na, du besoffener Penner? Musst du hier die Katzen so aufscheuchen?" Doch der Hof war menschenleer. Leicht verwundert kratzte ich mich am Kopf und wankte wieder zurück Richtung Pub. Plötzlich verlor ich das Gleichgewicht und spürte etwas Hartes in meinem Rücken. Als ich wieder zu mir kam lag ich am Fuße einer Treppe. Mit dem Blick nach oben gerichtet konnte ich in meinem Schwindel erkennen, dass sich dort über mir ein Griff oder etwas Ähnliches befand. Vorsichtig streckte ich meine Hand aus und kriegte den Griff tatsächlich zu fassen. Unter einiger

Anstrengung schaffte ich es mich an der Tür, vor der ich augenscheinlich lag, hochzuziehen. In dem Moment in dem ich einigermaßen sicher auf meinen Füßen stand, klackte das Schloss und die Tür öffnete sich. Beinahe verlor ich wieder das Gleichgewicht, doch ich konnte mich noch rechtzeitig abfangen.

„Danke.", murmelte ich.

Doch ich konnte immer noch niemanden sehen. Der Mondschein leuchtete in den Eingang hinein und ich konnte einige Umrisse von Durchgängen ausmachen. Aber keine Schatten von Personen oder sonst etwas, dass darauf hingewiesen hätte, dass hier jemand außer mir war.

„Hallo? Ist hier jemand?"

Keine Antwort. Meine Hand tastete nach einer Wand und an dieser versuchte ich mich zu orientieren, so dass ich diesen Raum vor mir durchqueren konnte. Meine Neugier war geweckt. Es dauerte eine Weile bis ich mich, in dem was ein Gewirr aus diversen Kellerräumen zu sein schien, zurechtgefunden hatte. Doch irgendwann kam ich in einen Flur, in dem auch eine Fackel hing. Die plötzliche Beleuchtung erfreute mich sehr. Am Rande meines Blickfelds war immer noch ein Schleier, aber immerhin konnte ich nun wieder etwas erkennen. Die feuchten Flurwände erinnerten an einen Tunnel. Am Ende dieses Tunnels war ein weiterer Lichtschimmer zu erkennen. Mein betrunkener Leichtsinn verführte mich, in Kombination mit meiner Neugier, dazu in Richtung Lichtschein zu torkeln. Der Schimmer kam aus einem weiteren

Kellerraum. Als ich in den Raum hineintorkelte offenbarte sich mir ein Anblick, der mir beinahe den Boden unter den Füßen wegzog.

Mitten im Raum hingen an Fleischerhaken Robert und Mary von der Decke. Die Oberkörper aufgeschlitzt wie Rinderhälften und alles was jetzt noch an ihre einst menschliche Existenz erinnerte waren die leeren, ausdruckslosen Gesichter, die von den Haken hingen. Mein Mageninhalt entleerte sich auf den Fußboden, auf dem sich einige blutige Fußspuren abzeichneten. Ein Paar der Füße erschien mir menschlich zu sein, das andere sah eher nach Klauen als nach Füßen aus.

Nachdem ich mich wiederaufgerichtet hatte und immer noch fassungslos auf Robert und Mary starrte, erklang hinter mir eine eisige Stimme mit fremdländischem Akzent.

„Oh, welch eine Überraschung. Entschuldige bitte, die Unordnung, aber mit irgendwas musste ich meinen kleinen Freund hier füttern."

Ich drehte mich langsam um und sah den Barkeeper in der Tür stehen. An der Wand neben ihm saß ein Wesen, das aussah wie ein Hund gepaart mit einem Drachen.

„Was zur Hölle ist das?"

„Das mein lieber Freund ist ein Gargoyle. Niedlich, nicht wahr? Und so eine treue Seele. Aber leider sehr hungrig und wozu soll man einen Körper verwesen lassen, wenn man ihn noch nutzbringend einsetzen kann. Nachdem ich mich an seinem Blut satt getrunken habe, natürlich."

Die Worte ergaben keinen Sinn. Das konnte doch nicht wahr sein. Wie war so etwas möglich? Es gab doch keine Wesen, die sich davon

11

ernährten Menschen das Blut auszugsaugen. Hierbei konnte es sich nur um einen schrecklichen Albtraum handeln. Fest davon überzeugt, dass die beiden Gestalten nicht real waren, stürmte ich auf die Tür zu, um aus diesem Albtraum aufzuwachen. In dem Augenblick, in dem ich erhoffte einfach durch den Barkeeper durchzulaufen, schloss er mich fest in seine Arme.

„Na, na, na. Wohin denn so schnell mein bester? Du wirst unsere kleine Party doch wohl noch nicht verlassen wollen?"

Seinen Worten folgte ein kurzer, intensiver Stich an meinem Hals und der Boden unter meinen Füßen wurde leichter und immer leichter. Egal wie sehr ich auch versuchte mich zu wehren, ich konnte mich nicht aus seinem Griff befreien. Langsam aber sicher begann ich mich zu fühlen wie Wasser, dass abwärts fließt. Dann wurde mir schwarz vor Augen.

Als ich meine Augen öffnete sahen mich meine Freunde besorgt an. Ich lag auf zwei Tischen, die zusammengeschoben waren.

„Was zum Henker ist passiert?", fragte ich in die Runde.

„Das würden wir gerne von dir wissen.", entgegnete Julian.

Ich zog die Stirn kraus.

„Ich weiß es nicht mehr. Das letzte woran ich mich erinnern kann war, dass ich mich auf den Weg zum Außenhaus gemacht habe."

„Und von dort bist du nicht wiedergekommen.", ergänzte Damon meine Ausführungen.

„Bis Nicolai dich plötzlich draußen auf dem Hof vor der Tür liegen sah. Dann haben wir dich reingetragen und erstmal mit heißen Handtüchern bedeckt. Danach haben wir dich dann in die Decke eingewickelt.", erklärte Simon.

Ich sah an mir herunter und stellte fest, dass ich tatsächlich in eine Decke eingewickelt worden war.

„Wer ist Nicolai?", fragte ich.

Steven deutete auf den Barkeeper.

„Danke!", rief ich in seine Richtung.

Er quittierte meinen Ausruf mit einem kurzen, stummen Nicken.

„Ich denke mal, wir sollten uns so langsam auf den Heimweg machen.", warf Damon ein.

Wir nickten zustimmend. Meine Freunde halfen mir auf die Beine, wir bezahlten und machten uns auf den Heimweg. Anfangs stützten mich Steven und Simon noch, doch nach ein paar Metern fühlte ich mich wieder einigermaßen klar und frisch, so dass ich eigenständig wanken konnte.

Die Kirchenuhr schlug Mitternacht als wir unseren Heimweg begannen. Ich ließ mich ein wenig von den anderen abfallen und torkelte in einigem Abstand hinter ihnen. Wenn ich so viel getrunken hatte, wurde ich immer etwas melancholisch. Ich genoss die Kälte und Klarheit der Nacht. Die Sterne lagen ruhig und funkelnd da, wie Diamanten auf einem Samt Tuch. Der Mond erleuchtete die Nacht in einem fahlen Schimmer.

Dann sah ich mich ein wenig um, die Gegend war kaum bewohnt und überall waren große Wiesen, auf denen nur hier und da ein Haus stand. In ein paar Jahren würde das alles hier anders aussehen, dachte ich bei mir. Dann würden überall Häuser stehen und Kinder und andere Menschen würden die Straßen mit ihrem Antlitz verpesten. Sie lag so schön ruhig da, dass man am liebsten ein Bild davon gemalt hätte.

Dann sah ich mir die Wiese etwas genauer an. Sie lag ebenfalls schön ruhig da und man konnte schon die ersten Tautropfen sehen. Am Horizont legte sich schon leichter Nebel auf die Stadt nieder und sanfter Wind kam auf.

Dann sah ich wieder nach vorn, um zu sehen, wo meine Freunde waren. Sie waren schon ein ganzes Stück weiter vorgelaufen und ich erhöhte mein Tempo, um sie wieder einzuholen.

Um zu unserem Wohnhaus zu gelangen, mussten wir über einen großen, parkähnlichen Friedhof gehen und an dessen Tor standen nun meine Freunde und warteten auf mich. Nach einigen Minuten kam ich an dem Tor an und gemeinsam machten wir uns daran den Friedhof zu überqueren.

Der Gottesacker lag vor uns in fahles Mondlicht getaucht und es herrschte eine andächtige Stille. Es schien als würde die Zeit auf dem Friedhof nicht vergehen. Man hörte keinen Baum oder ähnliches rauschen und auch die Tiere, wie Eulen, Vögel oder kleine Fledermäuse, waren weder zu hören noch zu sehen. Nebel senkte sich langsam auf die Gräber herab und die Grabsteine warfen im Mondlicht unheimliche Schatten. Besonders schön sahen die, der Kreuze aus. Ich sah mich, fasziniert von dem Schattenspiel der Gräber, ein wenig auf dem Leichenacker um. Und bei Genauerem Hinsehen, konnte ich erkennen, dass alle Gräber geöffnet waren. Ich schob dieses Bild allerdings auf den Alkohol und kümmerte mich nicht weiter darum. Meine Freunde waren wieder etwas weiter voraus und ich trottete gedankenverloren hinter ihnen her. Und dann als ich an einem kleinen Friedhofssee in der Mitte vorbeikam, entdeckte ich etwas Atemberaubendes.

Da saß am Wasser der Gargoyle und trank. Ich blieb stehen, um seinen Anblick zu genießen, da ich dieses Wesen äußerst schön und ansehnlich empfand. Nach einiger Zeit bemerkte mich der Gargoyle und blickte mich mit finsterer Miene an. Dann öffnete er sein Maul zu einem dämonischen Grinsen und entblößte dabei seine leuchtend weißen Zähne. Mir lief ein Schauer über den Rücken, nie zuvor hatte ich etwas so Schönes und gleichzeitig auch Unheimliches gesehen. Er fuhr mit seiner blutroten Zunge über seine Zähne und schoss blitzschnell in den Himmel hinauf, dabei stieß er einen gellenden Schrei aus.

Nachdem, der Gargoyle im nachtschwarzen Himmel verschwunden war, setzte ich meinen Weg über den Leichenacker leicht benommen fort. Keiner meiner Freunde schien den Schrei gehört zu haben, denn sie drehten sich nicht um und setzten ihren Weg unbeirrt fort.

Ich sah mich auf dem Friedhof um und plötzlich hörte ich ein Rascheln im Gebüsch. Ängstlich sah ich in die Richtung, aus der das Geräusch kam, aber ich konnte nichts Ungewöhnliches entdecken. Es war so ruhig wie vorher auch. Nach wenigen Minuten erreichten wir das Ende des Friedhofs. Die anderen konnten es kaum erwarten ihn zu verlassen, ich dagegen warf noch mal einen letzten Blick auf den Leichenacker. Und als ich mich umdrehte, da sah ich ihn. Er stand da, wie ein Fürst, ein dunkler Engel der Finsternis von göttlicher Erhabenheit. An seiner Seite kniete, wie ein Höllenhund, der Gargoyle. Dann streckte er seinen linken Arm aus, als wolle er mich zu sich rufen. Er war umgeben von einem seltsamen, unheimlichen Lichtschein, aber sein Gesicht konnte ich nicht erkennen. Es schien so als sei es mit Absicht verdunkelt. Aber ich hatte das, fast schon untrügliche, Gefühl es könnte der Barkeeper sein. Dann hauchte der Wind meinen Namen und ich bekam eine Gänsehaut und Tränen schossen mir in die Augen, liefen aber nicht hinaus. Angsterfüllt drehte ich mich um und setzte meinen Heimweg fort. Nach zwei Schritten packte mich die Neugier und ich musste mich einfach noch mal umdrehen. Aber es stand niemand mehr da. Der Friedhof lag still und verlassen im samtenen Vollmondschein und so verließ ich ihn auch.

Meine Freunde waren mittlerweile ein ganzes Stück vor mir und ich musste meinen Schritt erneut beschleunigen, um sie wieder einzuholen. Dem Friedhof folgte ein kleiner Park und die Ruhe und Erhabenheit waren dahin, denn die Bäume rauschten im Wind und auch einige Vogelstimmen waren nun zu hören. Dem Park folgte eine kleine Siedlung, in der unser Wohnhaus lag.

Als wir vor dem Haus standen und Damon seinen Schlüssel suchte, legte sich plötzlich wieder dieser Hauch von Unheimlichkeit, wie in der Bar, über uns nieder. Damon konnte seinen Schlüssel nicht finden und wir anderen hatten unsere nicht dabei und als Steven dann noch stolperte und einen Heidenlärm veranstaltete öffnete sich die Haustür und eine bildhübsche junge Frau stand darin und lächelte uns an.

Es war nicht die Frau, die wir erwartet hatten, sondern eine andere viel Hübschere. Sie stellte sich uns vor, sie hieß Guinevere und behauptete die Cousine von Mrs. Jones' Enkelin zu sein. Mrs. Jones war unsere Vermieterin. Nachdem ihr Mann gestorben war hatte sie das Haus geerbt und da es für sie alleine zu groß gewesen war, hatte sie die Zimmer zur Miete freigegeben. Sie sagte außerdem, dass Mrs. Jones nach London gefahren wäre, um dort ihre kranke Schwester zu besuchen und deshalb würde sie jetzt die Herberge leiten so lange Mrs. Jones weg wäre. Das alles kam mir recht seltsam vor, erst war Robert im Norden des Landes und machte Urlaub. Und jetzt sollte Mrs. Jones in London sein, um ihre kranke Schwester zu besuchen. Ich wollte gerade Widerworte geben, da lächelte sie mich sanft und beruhigend an. Dieses Lächeln drang tief unter meine Haut und löste ein warmes Gefühl der Sicherheit aus und alle Zweifel an ihrer Geschichte waren beseitigt. Steven, Julian, Simon, Damon und ich standen mit großen Augen und offenen Mündern vor der Tür und starrten die junge Frau an, bis diese das Schweigen brach.

„Wollen Sie denn gar nicht reinkommen, meine Herren?", nachdem sie das gesagt hatte, lächelte sie so als wäre sie durch unsere Blicke peinlich berührt worden. Allerdings dachte ich bei mir, dass eine Frau, wie sie solche Blicke gewöhnt war, da sie wirklich von atemberaubender Schönheit war und von einem fahlen Lichtschein umgarnt wurde. Nachdem wir uns dann aus unserer Trance befreien konnten, betraten wir das Haus und gingen direkt die große Treppe, zu unseren Zimmern hinauf. Als ich an ihr vorbeiging, blickte ich ihr in die Augen, die endlos tief zu sein schienen und ich drohte mich in ihnen zu verlieren. Kurz bevor dies geschehen konnte riefen meine Freunde nach mir und ich eilte die Treppe hinauf. Oben angekommen ließ Damon verlauten: „Oh, Samuel. Du bist doch wohl nicht in diese Schönheit verliebt?", dabei musste er kichern wie ein kleines Mädchen und die anderen stimmten in dieses Gekicher ein. „Sam ist verliebt. Sam ist verliebt.", sang Julian an und die anderen stimmten auch hier wieder mit ein und verschwanden dabei in ihren Zimmern. Ich machte mir nichts weiter daraus und begab mich ebenfalls in mein Zimmer.

Das Wort Zimmer wurde meinem nicht gerecht, da es eher ein kleines Kämmerlein war. An dem einzigen Fenster stand mein Schreibtisch mit einigen Flaschen, zwei Lampen und Schreibutensilien darauf. An der linken Zimmerwand stand mein Bett und an der rechten eine Kanne mit Wasser und einer Waschschüssel. Ich schloss die Tür hinter mir und ging zum Fenster, wo ich die Läden schloss. Dann setzte ich mich auf mein Bett und entledigte mich meiner Kleidung, bis auf den Unterrock. Ich ließ mich auf' s Bett fallen, genoss das weiche, herrliche Laken und schloss die Augen. Ich ließ noch mal die Begegnung mit der schönen Unbekannten, vor meinem geistigen Auge, Revue passieren.

Als ich an ihr vorbeigegangen war, sind mir nicht nur ihren Augen aufgefallen, sondern auch ein Geruch wie frischer Frost kurz bevor es schneit, der mich irgendwie betört hatte. Und ihr unvergleichlicher

Anblick ging mir nicht mehr aus dem Sinn. Ihr langes, schwarzes Haar hing an ihr hinunter und lag sanft auf ihren Schultern auf. Ihre Lippen waren so sinnlich und rot, sie luden nahezu zum Küssen ein. Sie war schlank aber ihre Hüften waren rund und sehr verführerisch. Wenn sie atmete, bewegte sich ihre Brust sanft auf und ab. Dann öffnete sie ihren sinnlichen Mund und über ihre Lippen kam mein Name. Sie hauchte ihn verführerisch dahin. Während sie dies, in meinen Gedanken, tat fuhr ein eisiger Windhauch durch meinen Nacken und meine Nackenhärchen richteten sich auf. Ein angenehmes Prickeln suchte meinen Körper heim. Nachdem ich einige Minuten in meinen Gedanken geschwelgt hatte, driftete ich sanft in tiefen Schlaf.

In dieser Nacht träumte ich sonderbare Dinge. Die Augen des Barkeepers wollten mir nicht aus dem Sinn gehen. Sie waren groß, schwarz, tief und von unbeschreiblicher Kälte. Dann zeichnete sich sein restliches Gesicht von der Dunkelheit ab. Er lächelte mich dämonisch an und wiederholte immer wieder meinen Namen. Plötzlich fand ich mich auf einer Wiese wieder. Der Himmel war schwarz und der Mond schien hell. Ein leichter Wind wehte und die Bäume des Waldes, um die Wiese herum, wogten im Wind hin und her. Mein Vater stolperte verwirrt auf der Wiese umher und versuchte vor irgendetwas oder irgendwem zu fliehen, denn er drehte sich ständig um. Aus dem Schatten des Waldes trat plötzlich Nicolai hervor und schlich sich an ihn heran. Ich rief meinen Vater, doch er hörte mich nicht. Als Nicolai ihn erreicht hatte, blickte er in meine Richtung und lächelte mich an. So langsam erahnte ich was er vorhatte. Wieder rief ich meinen Vater doch er hörte mich immer noch nicht und stolperte weiter über die Wiese. Nicolai packte ihn mit einer Hand und zog ihn an sich. Mein Vater wollte sich wehren, doch er konnte sich nicht losreißen, da Nicolai ihn zu fest im Griff hatte. Dann öffnete er seinen Mund und seine Zähne blitzten im Schein des Mondes auf. Er sah mich noch einmal an und versenkte dann seine Zähne im Hals meines Vaters. Langsam wurden seine Versuche sich zu wehren immer verhaltener und seine Kräfte schienen ihn zu verlassen, sodass er schließlich zu Boden sank und starb. Ich rief immer wieder seinen Namen, voller Verzweiflung schrie ich auf. Aber vergebens. Dann sah Nicolai mich wieder an und zeigte mit dem Finger auf mich. Verstört und verzweifelt sank ich zu Boden und grub meine Finger in die Erde. Und weinte.

Schweißgebadet schreckte ich aus dem Schlaf hoch und saß senkrecht im Bett.

## Kapitel 2

Ich sah mich um und vergewisserte mich erstmal, wo ich war. Nachdem, ich beruhigt festgestellt hatte, dass ich mich in meinem Zimmer befand, nahm ich einen tiefen Schluck Wasser aus der Kanne auf dem Tisch. Anschließend setzte ich mich wieder auf mein Bett und versuchte meine Gedanken zu sortieren. Aber ich schaffte es nicht. Sie kreisten immer noch um den Barkeeper und über die seltsamen Ereignisse auf dem Friedhof. Ich konnte mir nicht helfen, ich musste wissen, was es mit diesem Kerl auf sich hatte. Warum hatte er mich so fasziniert und was hatte dieser Traum zu bedeuten? Letzteres fand ich besonders seltsam, da mein Vater schon seit einigen Jahren verstorben war, ebenso wie meine Mutter.

So beschloss ich einen Spaziergang zu machen. Ich zog mich an, warf mir einen Umhang über und nahm meine Schlüssel, bevor ich das Haus verließ. Im Haus war alles ruhig, nur aus der Küche drang noch der Schein einer Lampe und Geschirrklappern ertönte, aber es war nicht so laut, dass man davon wach werden konnte. Neugierig schlich ich mich an die Küchentür heran und öffnete sie leise, einen Spalt weit. Als ich hindurchsah, entdeckte ich die schöne Guinevere. Sie war dabei alles für das Frühstück vorzubereiten. Ich wollte sie aber nicht stören und so riss ich mich mühsam von ihrer Schönheit los und schlich mich aus dem Haus.

Die Nacht war noch immer klar und kalt. Ich ging einfach drauf los und wanderte durch die Straßen und Gassen, der Umgebung. Alles war ruhig und friedlich. Die Straßen lagen in der Nacht wie tiefe Flüsse vor mir. Ich hatte das Gefühl ich würde in ihnen versinken, wenn ich sie betrat. Die Häuser warfen große und bedrohliche Schatten, in denen ich verschwand. Nachdem ich eine Weile umhergewandert war kam ich wieder zu dem Friedhof. Mit gemischten Gefühlen betrat ich ihn.

Alles war ruhig. Der Schotter knirschte unter meinen Füßen, bei jedem meiner Schritte. Während ich umherspazierte, sah ich mir einige Gräber im Vorbeigehen etwas näher an. Sie waren geöffnet. Nicht alle, aber so einige und das machte mich stutzig. Der Wind wurde etwas kälter und stärker, die Bäume rauschten, sodass ich eine Gänsehaut bekam. Ich konnte mir nicht erklären, warum diese Gräber geöffnet waren und bekam ein wenig Angst. Irgendetwas zog mich jedoch von den Gräbern weg und zum Pub hin. Mein Weg über den Friedhof führte mich wieder an dem Teich vorbei, diesmal lag er jedoch einfach nur still und friedlich da und das Wasser plätscherte vor sich hin. Ich blickte in den Himmel, als ich daran vorbeiging, um zu schauen, ob von dem Gargoyle noch etwas zu sehen war. Aber es gab keine Spur mehr von ihm. Also ging ich weiter und genoss die Nacht, bis ich vor dem Pub stand. Das Gebäude warf einen großen Schatten im Licht des Mondes und wirkte leer und tot. Die Fenster sahen aus wie große Augen, die mich anstarrten, um jeden meiner Schritte zu verfolgen. Und die Tür sah aus wie ein riesiges Maul, das dazu imstande war alles, was sich ihm in den Weg stellt, zu verschlucken. Ich näherte mich der Tür und legte mein linkes Ohr an sie, um zu hören, ob sich noch jemand im Haus befand. Kein Laut drang an mein Ohr, dennoch beschloss ich vorsichtig zu sein und schlich an die Rückseite des Hauses zum Kellereingang.

Dort angekommen stieß ich die Tür leicht an, um festzustellen ob sie verschlossen war oder nicht. Sie öffnete sich einen Spalt weit und vorsichtig trat ich ein. Die Tür schloss hinter mir und ich stand wieder in dem dunklen Kellergewölbe. Ich sah mich nach einer Fackel um. Nach kurzer Suche fand ich eine, die an einer Wand in einem langen Flur hing. Mit der Fackel in der Hand schlich ich durch die Kellerräume und stieß auf jede Menge verschlossene Türen. Eine Weile später entdeckte ich eine Tür, die geöffnet war und betrat den Raum hinter ihr. Dieser Raum schien ein Vorratskeller zu sein, denn in ihm befanden sich einige Fässer und auch ein paar Rinderhälften, Schinken, Würste und andere Köstlichkeiten hingen von der Decke herab. Doch der Keller hielt noch mehr Überraschungen bereit. Ich entdeckte noch zwei weitere Türen. Neugierig öffnete ich die Erste und fand einen Raum, in dem sich weitere Fässer befanden. Die Fässer standen in einem Kreis und in der Mitte des Kreises befand sich ein Sarg. Verängstigt und leicht verwirrt ging ich näher an den Sarg heran und öffnete ihn vorsichtig. Er war leer und ich verstand nicht so genau, warum dieser Sarg mitten in Roberts Weinkeller stand. Verwirrt verließ ich den Raum wieder und ging zu der zweiten Tür. Diese ließ sich ebenso mühelos öffnen, wie die Erste. Als ich sie öffnete, schlug mir ein unangenehmer Geruch entgegen, aber ich wusste nicht, was für einer es war. Dennoch leuchtete ich den Raum komplett aus. Es war ein weiterer Vorratskeller, in welchem noch mehr Fleisch von der Decke hing. Im hinteren Teil des Raumes machte ich eine grausame Entdeckung. Ein wenig Blut tropfte von der Decke und als ich sie anleuchtete, sah ich zwei Leichen. Sie waren ausgetrocknet und ihre Bäuche geöffnet. Eine der Leichen war kleiner als die andere, ich nahm an, dass es sich um eine Frau handelte. Als ich näher an sie herantrat, verstärkte sich der unangenehme Geruch. Er war irgendwie süßlich und modrig zugleich. Ich näherte mich vorsichtig der größten Leiche und riss sie von der Decke hinunter. Es war Robert, der eigentliche Barkeeper und Besitzer des Pubs. Schrecken stieg in mir auf und ich riss auch noch die andere Leiche herunter. Es war die seiner Frau. Der Fäulnisgeruch breitete sich immer weiter aus und ich musste ein Würgen unterdrücken. Dies gelang mir jedoch nicht so ganz. So entleerte sich mein Magen reflektorisch. Nachdem ich mich übergeben hatte, blickte ich mich um und entdeckte ihn, in der Tür stehend. Nicolai.

Gelassen und mit einem Lächeln im Gesicht begann er zu sprechen: „Guten Abend, Samuel. Hast du nicht langsam genug davon in fremden Kellern herumzuschnüffeln? Das ist jetzt schon das zweite Mal, dass ich dich hier erwische. Du hast meine Identität enttarnt und das kann ich nicht ungestraft durchgehen lassen. Dafür wirst du mit deinem Leben bezahlen und du wirst auf ewig verflucht sein."

In mir stieg Todesangst auf und meine Knie begannen zu zittern und ich sah ihn mit großen Augen an. Er lächelte immer noch eiskalt und sprach in ruhigem Ton weiter: „Aber, aber. Keine Panik Samuel. Es wird dir nicht weh tun. Jedenfalls nicht mehr als beim ersten Mal."

Mit einem Satz stand Nicolai direkt vor mir und hatte mich fest im Griff. Wild trat ich mit meinen Füßen um mich und warf meine Arme ziellos umher. Doch keiner meiner Befreiungsversuche war von Erfolg gekrönt. Dann spürte ich einen Stich in meinem Hals. In diesem Moment kehrten Bilder in meinen Kopf zurück, wie ich in diesem Raum und dieser Position stand, während Nicolai mich festhielt. Sein Kopf war über meinen Hals gebeugt und an der Wand saß der Gargoyle. Schlagartig begriff ich, dass Nicolai dies nicht zum ersten Mal mit mir tat. Wieder fühlte ich mich wie abwärts fließendes Wasser und wieder wurde mir schwarz vor Augen. Kurz nachdem sich meine Augen geschlossen hatten, riss ich sie noch einmal auf. Durch meine Nase drang keine Luft mehr in meine Lungen und vor meinem Mund war ein weißer, feuchter Balken mit roten Streifen. Der Drang tief Luft zu holen überfiel mich und ich riss meinen Mund weit auf. Nicolai steckte mir etwas in den Mund und ich spürte wie eine kalte Flüssigkeit, die nach Metall schmeckte in meinen Mund spritzte. Mir blieb nichts anderes übrig als zu schlucken und zu hoffen, dass ich bald wieder Luft bekäme. Dann wurde es erneut schwarz vor meinen Augen. Nicolais kalte Stimme flüsterte:" Und jetzt geh. Geh, es ist schon spät."

# Kapitel 3

Seit meiner Begegnung mit Nicolai waren nunmehr zwei Wochen vergangen. Es war Frühling, des Jahres 1666. Mich plagten seit jenem Freitagabend an dem er das erste Mal in mein Leben getreten war, grausame Albträume. In diesen Träumen befand ich mich nachts im Pub und schlich im Vorratskeller herum. Dort machte ich jede Nacht die gleiche furchtbare Entdeckung. Robert und seine Frau hingen tot von der Decke hinab. Zu diesem Traum kam nach geraumer Zeit ein weiterer hinzu.

Dieser handelte von mir und der schönen Guinevere.

Wir waren in einem Reich von ewiger Nacht und unbeschreiblicher Schönheit. Dieses Reich befand sich fernab dieser Welt. Saftige, grüne Wiesen erstreckten sich wie ein Teppich über eine Hügellandschaft. Es gab Berge mit roten Spitzen, sie waren Schwindel erregend hoch, so etwas hatte ich vorher noch nie gesehen. In dem Reich gab es ebenfalls Sümpfe, die sich wie Adern durch Wiesen zogen. Sie sahen so friedlich aus und waren doch so tief und gefährlich. Dort waren Seen aus Lava und Feuer sowie Meere und Flüsse aus Blut. Es herrschte Stille, bis auf die Schreie gepeinigter Seelen, die hin und wieder an meine Ohren drangen. Die Seelen wurden in hohen, quadratischen Gefängnistürmen eingesperrt und gefoltert. Diese Türme waren über das Land verteilt und überragten alle anderen Gebäude, wobei sie sehr bedrohlich aussahen.

Guinevere und ich standen auf einem der höchsten Hügel und überblickten das Tal der Nacht. In diesem Tal lag eine Stadt, die wie eine Militärbefestigung aussah. Wir setzten uns hin und nahmen eine Mahlzeit zu uns, es war sozusagen ein Picknick. Guinevere sah mich mit einem tiefen und sinnlichen Blick an und verfolgte jeden meiner Bissen. Sie hatte uns Hähnchen zubereitet und dazu eine wundersame Süßspeise, die mir bis dahin unbekannt war. Zum Essen gab es einen wunderbar lieblichen Wein.

Ich hatte mein Hähnchen fast schon aufgegessen, da schlich sich eine flüsternde Stimme in mein Gehör und sprach: „Sie genau hin, was du isst. Und schau dir den Wein einmal genauer an. Hüte dich vor Guinevere, Samuel. Hüte dich vor ihr. Lass dich niemals mit ihr ein, es wird dein Untergang sein."

Zunächst einmal war ich irritiert und wusste nicht so recht, was ich von der Stimme halten sollte. Doch dann sah ich mir das Fleisch mal genauer an. Da hatte ich plötzlich kein Hähnchen mehr in der Hand, sondern ein Stück menschliches Fleisch. Jetzt nahm Guinevere zum ersten Mal auch ein Stück in die Hand und biss mit wachsender Begeisterung hinein.

Auch der Wein hatte sich verändert, er war jetzt etwas dicker als vorher und als ich ihn gegen das Licht hielt, konnte ich auch nicht mehr hindurchsehen. Dann nahm ich einen kleinen Schluck und stellte mit Schrecken fest, dass der Wein zu Blut geworden war. Entsetzt sah ich Guinevere an. Sie blickte mich an, als wäre nichts Ungewöhnliches geschehen. Dann öffnete sie den Mund zum Sprechen und während sie das tat, lief ein wenig Blut heraus. Das Fleisch in der Hand haltend fragte sie dann, unschuldig: „Was ist denn, mein Liebster? Stimmt etwas nicht?", dann begann sie dämonisch zu lachen.

An dieser Stelle schreckte ich dann immer aus dem Schlaf hoch, so auch an diesem Samstag im Frühling.

Sonnenlicht drang bereits durch die kleinen Spalten, der geschlossenen Fensterläden, da es schon später Vormittag war.

Es klopfte an der Tür und verwundert rief ich: „Herein!"

Die Tür öffnete sich und Damon trat ein: „Guten Morgen, Sam. Ich wollte dir nur Bescheid sagen, dass es schon Frühstück gibt. Möchtest du nicht herunterkommen und mit uns etwas essen? Du machst in der letzten Zeit einen sehr verwirrten Eindruck."

Ich dachte kurz darüber nach und antwortete dann: „Ja. Ich komme gleich. Dass ich diesen Eindruck auf dich mache tut mir leid. Aber ich habe in letzter Zeit sehr schlecht geschlafen und Albträume gehabt. Ich muss mich jetzt nur noch anziehen."

Nachdem, ich mich angezogen hatte, ging ich ins Esszimmer hinunter.

Ich setzte mich zu den anderen und frühstückte mit ihnen. Der Tisch war reich gedeckt, Guinevere hatte wirklich an alles gedacht. Es gab angebratene Würstchen, Honig, geröstetes Weißbrot, Marmelade und saftigen Schinken sowie gebratene Nierchen. Dazu hatte sie uns Kaffee und einige Eier gekocht. Jeden Morgen gab sie sich solche Mühe, aber nie konnten wir uns bei ihr bedanken, da sie zur Frühstückszeit immer wie vom Erdboden verschwunden war. Ich beschloss, dies zu ändern und sie mal zu besuchen.

„Weiß einer von euch, wo Guinevere ist? Ich wollte mich mal nach Mrs. Jones erkundigen. Sie ist nun schon zwei Wochen fort.", fragte ich ganz unauffällig.

Julian vermutete: „Wahrscheinlich ist sie in der Stadt, kauft ein und erledigt ein paar andere Dinge. Das stand zumindest auf dem Zettel, den sie heute hinterlassen hat. Wie jeden Morgen."

„Ist es nicht seltsam? Ich habe sie noch nie bei Tag gesehen. Sie geistert immer nur bei Nacht durch das Haus.", bemerkte Damon.

„Ja. Vielleicht ist sie auch ein Geist oder Dämon und will uns alle langsam umbringen.", gab Simon in humorvollem Ton von sich und lächelte dabei.

Wir begannen alle zu lachen. Obwohl ich den Gedanken gar nicht so abwegig fand, da ich sowieso schon so seltsame Dinge von ihr träumte. Dann verwarf ich ihn jedoch wieder und frühstückte in aller Ruhe mit den anderen zu Ende.

Für den Tag hatte ich mir vorgenommen, meinem Hobby, dem Zeichnen nachzugehen. So ging ich nach dem Frühstück in mein Zimmer und packte mein Zeichenzeug ein, warf mir meinen Umhang über und wollte mich auf den Weg zum Friedhof machen. Dort zeichnete ich besonders gern, weil es ruhig war. Ich öffnete meine Zimmertür und stolperte beinahe über eine Flasche, die direkt davorstand. Verwundert beugte ich mich herunter und hob die Flasche auf. Dann ging ich zurück in mein

Zimmer und stellte sie auf meinen Schreibtisch. Sie war mit einer roten Flüssigkeit gefüllt und eine Karte war mit einer Schleife um den Hals der Flasche gebunden. Ich nahm die Karte ab und las diese:

*Lagere den Wein im Schatten und öffne ihn erst nach Einbruch der Dunkelheit, nur so kann er sein wahres Aroma entfalten. Genieße ihn in vollen Zügen. Gruß, eine Verehrerin.*

Ich stellte die Flasche in den Schatten und begab mich verwundert auf den Friedhof. Als ich in den Park davor kam, entschloss ich mich dazu, mich auf einer der Bänke niederzulassen, um den Blick auf die Umgebung zu genießen.

Es herrschte reges Treiben und ich fragte mich, was all die Leute wohl zu tun hatten und was sie dachten, wenn sie mich dort sitzen sahen. Mittlerweile war es Mittag und der Menschenverkehr im Park nahm zu. Ich blickte mich um und beobachtete die Häuser und die Leute. Während ich mich umsah, fiel mir etwas noch ganz besonders auf. Auf den Dächern der Häuser saßen unheimlich viele Raben. Sie schienen über allem erhaben zu sein und blickten majestätisch auf die Menschen herab. Woher kamen die alle bloß? Mir waren sie vorher noch nie so wirklich aufgefallen, besonders nicht so viele auf einmal. Ein ganz besonders großer und majestätischer Rabe schien mich anzustarren. Als ich dies bemerkte, lief mir ein kalter Schauer über den Rücken, obwohl die Luft angenehm warm war. Ich beschloss sie zeichnerisch festzuhalten und machte mich daran die Vögel mit Kohle auf Papier zu bringen. Die Leute schienen die Raben gar nicht bemerkt zu haben oder zumindest fiel ihnen nicht auf, dass es wirklich ungewöhnlich viele waren. Nachdem ich es geschafft hatte ein paar besonders prachtvolle Exemplare zu zeichnen widmete ich mich wieder den Menschen und begann auch diese als Motive zu verwenden.

Mit der Zeit überkam mich Müdigkeit und ich nickte ein. Der Wind wehte mir um die Nase und erfüllte mich mit einem angenehmen Wohlgefühl. Vor meinem geistigen Auge erschien Guinevere. Sie war in ein weißes Kleid gehüllt und ihr langes, sonst schwarzes Haar, war mit einem Mal leuchtend Blau. Sie sah mich mit einem hypnotisierenden Blick an und plötzlich verzog sich ihr Mund zu einem eiskalten Lächeln. Dann lief ihr Blut über den Kopf. Es entsprang an ihren Haarwurzeln und bahnte sich seinen Weg übers Gesicht ihren ganzen Körper hinunter, bis sie mit dem Blut überströmt war. Ihr Kopf platzte auf und ihr Körper fiel leblos zu Boden. Aus dem toten Körper kam ein Rabe gekrochen und starrte mich mit roten Augen an. Nach einer Weile flog er weg. Schlagartig wurde ich, durch eine Berührung an meiner linken Schulter, aus meiner Trance gerissen. Ich machte die Augen auf und sah mich um, aber es war niemand zu sehen. Verwirrt stand ich auf und ging zum Friedhof um weitere Motive zu finden.

Es war nun früher Nachmittag und ich blickte mich erst mal um, ob auch niemand in der Nähe war. Dann verließ ich den normalen Weg und ging zu einem Häuschen herüber. Die Tür war nicht verschlossen, aber knarrte ein wenig als ich sie öffnete und das Holz in der Hütte knackte bei jedem meiner Schritte.

Die Luft in dem Häuschen war nicht gerade die Beste, aber ich mochte den modrigen Geruch der Knochen. Diese waren zuhauf gestapelt und ich musste darauf achten, dass ich sie nicht umstieß als ich mich zum Zeichnen niederließ.

Ich zeichnete und zeichnete, den ganzen Nachmittag hindurch, bis mir meine Finger weh taten. Geschickt brachte ich viele verschiedene Knochen zu Papier. Meine Vorliebe galt anatomischen Zeichnungen. Da diese in der Gesellschaft nicht gern gesehen waren, musste ich mir heimlich ein Gebein Haus aussuchen, um dort meiner Vorliebe nachgehen zu können. Als es allerdings so langsam dämmerte, packte ich mein Zeug zusammen und begab mich wieder auf den Weg nach Hause. Ich blickte in den Himmel, er sah wunderschön aus. Ein Flammenmeer zeichnete sich auf ihm ab. Die Sonne sah aus, wie ein goldener Feuerball und setzte den ganzen Himmel in Brand. Nun war es kaum noch hell. Ich beschleunigte meinen Schritt, um rechtzeitig heimzukommen, doch ich kam nur bis zum Teich. Dort hockte wieder dieser Gargoyle und stillte seinen Durst. Dann blickte er mich an und begann wieder zu lächeln. Ich traute meinen Augen nicht. Bei meiner letzten Begegnung, vor zwei Wochen, mit diesem Gargoyle war ich betrunken gewesen, aber jetzt war ich nüchtern. Ich hatte keine Ahnung, wie ich das jemals irgendwem erklären sollte. Wahrscheinlich sollte ich es lieber lassen und niemandem von diesem Vorfall erzählen, da man mich sonst noch für verrückt halten würde. Ich wollte gerade weitergehen, da landete neben ihm ein Rabe und es schien so als gäbe dieser dem Gargoyle ein Zeichen. Denn der erhob sich wieder mit einem gellenden Schrei in die Luft. Verängstigt blickte ich mich um. Aber es war niemand außer mir auf dem Friedhof zu sehen. Dann sah ich mir einige Gräber, in meiner Nähe, an. Sie schienen geöffnet zu sein und bei näherem Hinsehen stellte ich fest, dass dem wirklich so war. Ich sah wieder zu dem Teich und da sah ich, dass der Rabe menschliche Gestalt annahm. Nicolai stand nun da, wo vorher der Rabe gesessen hatte. Er hob seinen linken Arm und winkte mich zu sich. Angst packte mich und ich wollte davonlaufen. Als ich mich umdrehte, sah ich an jedem offenen Grab eine schwarze Gestalt, in Kutte stehen. Die Kapuzen hatten sie sich bis ins Gesicht gezogen und jede dieser Gestalten hatte ein Schwert mit schwarzer Klinge in der Hand. Sie standen einfach nur da, wie Statuen und säumten den Weg zum Ausgang. Ich rannte den Pfad entlang, an ihnen vorbei. Immer wieder hörte ich meinen Namen. Nicolai und die anderen flüsterten ihn den ganzen Weg entlang. Am Ende sah ich mich noch mal um. Nicolai war mir die ganze Zeit über gefolgt und stand nun in einiger Entfernung hinter mir. Seinen Arm hatte er immer noch erhoben und flüsterte meinen Namen. Sein langes schwarzes Haar wehte im Wind und er schien von einem dunklen Leuchten umgeben zu sein. Ich sah nach vorn und bemerkte, dass all die Raben, die noch am Mittag auf den Dächern gesessen hatten, verschwunden waren. Als ich mich wieder umdrehte, waren Nicolai und die schwarzen Gestalten ebenfalls verschwunden. Irritiert setzte ich meinen Heimweg fort. Ich verstand nicht, was sich da abgespielt hatte. Hatte ich mir das alles nur eingebildet? Bestimmt. Anders konnte ich mir die Vorkommnisse nicht erklären. Die Sonne war mittlerweile gänzlich versunken und es wurde kalt.

Als ich das Haus betrat erfüllte bereits der köstliche Duft des Abendessens die gesamte Wohnstube. Ich brachte schnell meine Sachen nach oben und legte mein Zeichenzeug beiseite. Danach machte ich mich ein wenig frisch und ging wieder nach unten. Die anderen saßen schon im Esszimmer und unterhielten sich. Ich dagegen machte noch einen kleinen Abstecher in die Küche, um eventuell einen Blick auf Guinevere erhaschen zu können. Die Küchentür war einen Spalt geöffnet und ich lugte vorsichtig hindurch. Guinevere werkte in der Küche herum und die Art wie sie es tat faszinierte mich. Sie war elegant, graziös und sie schien von einem Lichtschimmer umgeben zu sein. Ihre Haare waren so lang und schön glänzend, ihre Haut so milchig weiß, ihre Augen unheimlich dunkel und tief. Und ihre Lippen waren sehr sinnlich. Diese Dinge waren mir vorher noch nie aufgefallen und ihre Schönheit wurde mir erst jetzt richtig bewusst.

Guinevere entfachte ein Feuer in meinem Herzen, heißer als die Sonne. So langsam wurde mir klar, dass ich mich in sie verliebt hatte. Dieses Gefühl war schön aber auch irgendwie beängstigend. So richtig verliebt war ich vorher noch nie gewesen und jetzt hatte es mich voll erwischt. Ich wusste nicht, wie ich mit diesem Gefühl umgehen sollte. Eine Weile blieb ich noch an der Küchentür stehen und genoss den Anblick ihrer atemberaubenden Schönheit. Da drehte sie sich plötzlich um und entdeckte mich. Sie sah mir tief in die Augen und lächelte verlegen aber mit einem auffordernden Blick.

Ich fühlte mich, wie ein kleiner Junge, der beim heimlichen Naschen erwischt worden war, und wurde rot. Verlegen stammelte ich: „Entschuldigung."

Und machte mich auf dem schnellsten Wege in das Esszimmer.

Die anderen sahen mich mit großen Augen an, als ich so plötzlich hereinplatzte.

„He! Immer langsam. Es ist genug Essen für alle da. Außerdem hat Guinevere noch gar nichts aufgedeckt. Also, ruhig Blut Sam.", witzelte Damon.

„Was? Ach so. Ja dann ist ja gut.", brachte ich atemlos hervor. Ich war noch ganz verwirrt, dass Guinevere mich beim Beobachten erwischt hatte. Langsam setzte ich mich an den Tisch und mein Blutdruck sank allmählich.

Simon fragte mich neugierig: „Und wie war dein Tag, Sam?"

„Ach, mein Tag war ganz in Ordnung. Ich war unterwegs und habe gezeichnet. Wieso?", antwortete ich.

„Ach, nur aus reiner Neugier. Und bist du vorangekommen?", setzte er das Gespräch fort.

„Ja, doch. Ich habe erstaunlich viel gezeichnet. Dabei hatte ich in den letzten Tagen überhaupt keine Lust und der Gedanke ans Zeichnen hat mich sogar ziemlich sehr genervt. Aber heute war das alles irgendwie weg. Na ja. Ist euch schon mal aufgefallen, dass es verdammt viele Raben in der Gegend gibt?", fuhr ich fort.

Damon schaltete sich ein: „Irgendwie schon. Ist es nicht unheimlich? Ich meine, vorher waren hier nicht so viele, wie in den letzten Tagen."

Julian warf ein: „Oh bitte. Was soll das denn jetzt? Glaubt ihr vielleicht, dass wir alle dem Tod geweiht sind?"

Verständnislos, über seinen kleinen Ausbruch, sahen wir ihn an und Steven antwortete: „Was ist denn mit dir los? Wie kommst du darauf?"

Leicht errötet sagte er: „Na ja. Meine Großmutter hat früher immer gesagt, dass ein Rabe den baldigen Tod oder ein großes Unglück ankündigt. Kennt ihr diese Redewendung nicht?"

Wir schüttelten alle den Kopf und ließen die Sache auf sich beruhen, da Guinevere jetzt mit dem Aufdecken begann. Sie hatte uns einen köstlichen Braten mit Kartoffeln, gerösteten Pastinaken und einer unglaublich leckeren Soße gemacht. Dazu gab es einen sehr delikaten Rotwein. Während wir alle schweigend aßen, dachte ich darüber nach, was ich auf meinem Heimweg gesehen hatte. Ich verstand noch immer nicht, was das zu bedeuten hatte. Darüber hinaus, begannen mich die vielen Raben zu faszinieren. Sie wirkten irgendwie majestätisch, dunkel und mystisch auf mich. Natürlich dachte auch über Guinevere nach. Dabei fiel mir wieder die Weinflasche in meinem Zimmer ein und auch die Verehrerin. Wer mochte sie wohl sein? Insgeheim hoffte ich, dass es Guinevere war, aber diesen Gedanken verwarf ich wieder, um mir keine falschen Hoffnungen einzureden. Sie schien meine Zuneigung nicht zu teilen und nach dem sie mich heute beim Beobachten erwischt hatte, würde sie garantiert noch viel weniger an mir interessiert sein.

Als wir mit dem Essen fertig waren, ging ich nach oben, um den Wein zu kosten. Vor meiner Zimmertür entdeckte ich eine weitere Karte auf dem Fußboden, auf die ich beinahe getreten wäre. Ich hob die Karte auf und ging in mein Zimmer. Dort setzte ich mich auf mein Bett und las. Auf ihr stand:

*Ich werde dir nachher einen Besuch abstatten. Doch fürchte dich nicht. Ich beiße nicht. Nicht fest, jedenfalls. Und genieße den Wein. Gruß, eine Verehrerin.*

Ich nahm die Flasche aus dem Versteck und öffnete sie. Der Wein duftete köstlich. Ich nahm einen Schluck und ließ ihn mir auf der Zunge zergehen. Er schmeckte köstlich. Es war ein sehr lieblicher und alkoholreicher Wein, ähnlich wie Portwein. Zwar hatte er einen leicht metallenen Nachgeschmack, aber das änderte nichts daran, dass er mir vorzüglich mundete.

Ich nahm noch weitere Schlucke und schon bald, begann ich alles mit einem angenehmen Schleier drum herum zu sehen. Der Raum begann sich ein wenig zu drehen und ich konnte nicht verleugnen, dass ich leicht beschwipst war. Ein wohlig warmes Gefühl stieg in mir auf und ich bekam ein breites Grinsen nicht mehr aus dem Gesicht. Nach einer Weile war die Flasche leer und mir kam es recht merkwürdig vor, da ich bislang noch nie eine ganze Flasche Wein an einem Abend, ganz allein, geschafft hatte. Ich saß in meinem Zimmer, auf dem Bett und dachte über die Ereignisse des Tages nach. Ich war sternenhagelvoll. Und dann stand sie plötzlich in meinem Zimmer. Sie war wunderschön und von diesem unheimlichen Lichtschimmer umgeben. Guinevere war diese Verehrerin und nun stand sie in meinem Zimmer und lächelte mich an. Ich fragte mich, ob ich träumte oder wach war. Ihr Kleid und ihr Haar hingen lang an ihr herunter und sie lächelte mich an. Trotz all der Wärme, die sie in meinem Herzen verursachte, strahlte sie auch eine unheimliche Kälte und Gnadenlosigkeit, gespickt mit einem Hauch von Arroganz, aus.

„Guten Abend, Samuel.", sagte sie mit eisiger Stimme.

Ich saß wie gebannt auf meinem Bett, mich immer noch fragend ob all dies geschah und sagte benebelt: „Ich hoffte du würdest es sein. Und ich hoffte du würdest mich heut Nacht besuchen kommen. Was um alles in der Welt hat dich zu mir geführt?"

Sie lächelte mich immer noch an und sagte ruhig und bedächtig: „Mein lieber Samuel, das wirst du alles noch früh genug erfahren. Jetzt ist es erst mal nur von Bedeutung, dass ich bei dir bin.", dann strich sie mir mit ihren schlanken Fingern über den Kopf und ich merkte, wie kalt sie waren.

Plötzlich begann sich der Raum schneller zu drehen und mir wurde übel. Kalter Schweiß brach auf meiner Stirn aus und Angst erfüllte mich schleichend.

Und dann sagte sie, so als ob sie meine Angst fühlen konnte: „Fürchte dich nicht Samuel. Dieses Gefühl kenne ich nur allzu gut. Aber es wird gleich vorbei sein. Lass mich dich küssen und dir deine Angst und dieses ekelhafte Gefühl nehmen."

Ich verstand nicht so recht, da meine Sinne immer schwächer wurden und langsam verschwamm alles vor meinen Augen. Alles, was ich noch mitbekam, war, dass sie ihren Mund auf meinen Hals legte und zwei kleine Risse, mit ihren Zähnen, hineinschnitt. Ein heißes Brennen drang in meinen Körper ein, so als würde sie kochendes Wasser in mich gießen. Und ein leichter pochender Schmerz erfüllte mich, ich wandte mich in ihren Armen aber sie ließ mich nicht los.

„Aufhören. Bitte! Lass von mir ab! Ich ertrag das nicht!", flehte ich, doch Guinevere blieb hart und ließ mich nicht los. Bald darauf löste Kälte, den Schmerz ab und mein Wohlbefinden stieg wieder an. Sie legte mich in mein Bett und deckte mich zu. Dann verabschiedete sie sich mit einem Kuss und verließ mein Zimmer. Mir wurde schwarz vor Augen und tiefer Schlaf umfing mich.

## Kapitel 4

Meine Augen ließen sich nur schwer öffnen. Sie fühlten sich verklebt an. Die Lider schienen aufeinander festzukleben und so sehr ich mich auch anstrengte, es gelang mir nicht sie auseinander zu bekommen. Daher beschloss ich meine Hände zur Hilfe zu nehmen. Doch da bemerkte ich, dass ich sie nicht bewegen konnte. Nun musste ich mich doch mal aufrichten und überprüfen, was hier eigentlich los war. Doch auch das klappte nicht. Es war mir nicht einmal ansatzweise möglich mich in irgendeiner Form aufzusetzen oder meine Extremitäten zu bewegen. Selbst meinen Kopf konnte ich nicht drehen. Als ich meinen Mund öffnete drang kein einziger Laut aus ihm und das obwohl ich um Hilfe schrie wie am Spieß. Was um alles in der Welt war geschehen? In einem Augenblick war ich noch drauf und dran mit der schönsten Frau, die ich kannte intim zu werden und im nächsten wachte ich auf, war scheinbar irgendwo gefangen und konnte meine Augen nicht öffnen. Was auch immer geschehen sein mochte, ich konnte es in diesem Augenblick nicht ändern. Also versuchte ich ruhig zu bleiben und abzuwarten wie sich diese Situation auflösen würde.

In diesem Moment begann alles um mich herum zu vibrieren und zu wackeln. Scheinbar war ich in einer Kutsche. Wenngleich ich auch nicht nachvollziehen konnte wie, wann und weshalb ich in irgendeiner Form dort gelandet sein konnte. Zumal ich an irgendetwas festgebunden zu sein schien. Es rumpelte und knallte. Dann hörte ich eine raue Stimme unverständliche Kommandos brüllen und das Vibrieren verstärkte sich. Ein weiterer Knall, lauter als zuvor und schon bemerkte ich nichts mehr. Keine Geräusche, kein Vibrieren und da ich die Augen nicht öffnen konnte war die Dunkelheit bereits vorher da gewesen.

Nach der Stille konnte ich plötzlich etwas sehen und mich bewegen. Um mich herum funkelten Millionen von Sternen und der Mond leuchtete heller als ich ihn je zuvor hatte leuchten sehen. Mein Blick schweifte nach unten und ich konnte Wolken sehen. Hier und da tat sich die Wolkendecke ein klein wenig auf und das Mondlicht legte eine Waldlandschaft stellenweise frei. Mir lief ein eiskalter Schauer über den Rücken und auf einmal begann ich zu fallen. Die funkelnden Sterne und der Mond verschwammen mit dem Himmel zu einer blauweißen Masse. Unter mir waren die Wolken mittlerweile weg und die Landschaft schoss immer weiter auf mich zu. Nichts was ich tat, konnte den Fall bremsen. Ich ruderte wie wild mit den Armen und strampelte mit den Beinen. Meine Kehle war regelrecht zerschnitten von dem markerschütternden Schrei, den ich bereits seit Beginn des Falls hatte verlauten lassen.

So plötzlich mein Fall begonnen hatte, genauso plötzlich endete er. Allerdings anders als ich erwartet hatte. Ich stand mitten auf einem Hügel und neben mir war wundersamer Weise Guinevere. Wir sahen in ein Tal hinab auf eine Stadt, die wie eine Militärbefestigung aussah. Dann nahm Guinevere mich in ihre Arme und blickte mir tief in die Augen. Wir hoben sanft vom Boden ab und begannen immer höher zu schweben. Ich blickte hinab und konnte nicht glauben, was ich sah. Alles war so klein und bedeutungslos. Die Wesen, die am Boden umherliefen, wirkten wie Ameisen. Wir flogen zwar wie die Vögel, leicht und unbeschwerlich, doch ich fühlte mich weder leicht, noch unbeschwert. In mir stieg ein mulmiges Gefühl auf; war ich noch Momente vorher aus einer ähnlichen Situation heraus abgestürzt. Guinevere sah mich wieder an und nahm mich etwas fester in die Arme, so als hätte sie meine Gedanken gelesen. Ihre Umarmung beruhigte mich, doch selbst dadurch konnte sie mir nicht meine ganze Angst nehmen. Sie hielt immer weiter auf die dunkle Festung zu, die in dieser Stadt alles überragte und dass, obwohl sie etwas außerhalb stand. Man konnte das ganze Reich überblicken, alles sah so zerbrechlich aus. Die Berge mit den roten Spitzen wirkten wie kleine glühende Kohlenstückchen. Die Sümpfe zogen sich wie gefrorene bräunliche Adern durch die grünen saftigen Wiesen. Ganz am Rande des Reiches, hinter den roten Bergen zog sich ein breiter Fluss entlang. Er erstreckte sich bis hinter die äußersten Ausläufer der Hügellandschaft und verlief sich in der Unendlichkeit. Im ganzen Land ragten diese Gefängnistürme in die Höhe. Sie wirkten bedrohlich und düster. Aus diesen Türmen drangen qualvolle Schreie. Nachdem wir einen überflogen hatten, wurde mir klar, wie hoch wir uns in der Luft befanden. Da stieg in mir ein Panikgefühl auf und der kalte Schweiß brach auf meiner Stirn aus. Mir wurde schwindelig und am liebsten hätte ich mich übergeben. Da nahm Guinevere mich noch fester in die Arme. Doch das brachte nichts, jedes Mal, wenn ich nach unten blickte, kam das Gefühl immer wieder auf' s Neue in mir auf.

Dann befanden wir uns direkt über der Stadt. Dort herrschte reges Treiben und überall liefen bewaffnete Gestalten herum, die anscheinend Soldaten waren. Einige liefen in den Gassen Patrouille, andere verschwanden in einer dunklen violetten Festung und wieder andere gingen in die Militärbefestigungen in der Stadt. Wir näherten uns der Burg, die etwas außerhalb lag. Über dem Hauptturm kreisten einige kleinere Drachen, welche die Militäranlage aus der Luft bewachten. Je näher wir ihr kamen, desto unheimlicher wurde mir die ganze Sache. Einer der Drachen kam auf uns zu geflogen. Er warf einen misstrauischen Blick in unsere Richtung, aber als er Guinevere erkannte flog er wieder zu den anderen.

Wir verloren langsam aber sicher an Höhe und Guinevere setzte zur Landung an. Kaum waren wir gelandet fühlte ich mich wieder etwas sicherer und mir fiel ein großer Stein vom Herzen. Die ersten Schritte waren noch etwas wackelig aber dann fühlte ich mich wieder vollkommen wohl. Guinevere war mit mir im Innenhof gelandet. Dieser war sehr groß und an den Wänden hingen Leichen mit leeren Augenhöhlen. Ihre Köpfe hingen nach unten und die Beine waren weit auseinandergespreizt. Ich ging zu einer der Leichen hin und sah sie mir etwas genauer an. Ihre Haut war blass und unter ihr war eine kleine Pfütze aus Blut. Da merkte ich, wie sich eine Hand auf meine Schulter legte. Ich sah mich um und entdeckte Guinevere, die nun direkt hinter mir stand. Mit ernstem Blick sah mich an und sagte: „Lieber Samuel. Dies sind die Leichen von denen, die im Kampf gegen uns gefallen sind."

Ich sah sie an und fragte ungläubig: „Ihr befindet euch im Krieg?"

Ihr Blick hatte sich nicht verändert und sie sprach weiter: „Ja, es herrscht Krieg zwischen den Jägern und uns. Es ist ein grausamer Krieg. Und es wird Zeit, dass er endet."

„Warum versucht Ihr nicht Frieden mit denen zu schließen?", fragte ich sie, dabei kam ich mir vor wie ein kleines Kind.

Sie lächelte kurz und erklärte mir dann: „Oh, mein lieber Samuel. Du bist so niedlich. Aber so leicht ist es nicht mit den Jägern Frieden zu schließen. Aber das wird dir Nicolai noch genauer erklären. Komm nun, mein lieber Samuel. Es wird Zeit."

Sie nahm meine Hand und wir gingen auf ein großes, bewachtes Tor am anderen Ende des Hofes zu. Die Wachen traten ehrfurchtsvoll zur Seite und das Tor öffnete sich wie von selbst. Dahinter lag die Burg der Nacht. Sie war der Kern der Festungsanlage. Eine riesige Treppe führte zu ihr hinauf. Ich sah in den Himmel und war überwältigt von dem Anblick. Der Himmel war in Flammen gekleidet, die Sonne hing glühend über dem Horizont und war im Begriff zu versinken. Doch sie versank nicht. Hier in der Burg der Nacht stand die Zeit still. Und dieser Sonnenuntergang im Kern der Festung währte ewig. Ein Fluss aus Blut lief die riesige Treppe hinunter, es sah aus wie ein Wasserfall. Das Steingeländer war gesäumt mit Statuen von Gargoyles. Guinevere ging vor und ich folgte ihr in einigem Abstand. An meinen Füßen bemerkte ich einen leichten Druck. Ich sah an mir hinunter und entdeckte, dass der Blutfluss sich an meinen Knöcheln brach. Guinevere schien die Stufen hinauf zu schweben während ich einige Mühe hatte zu ihr aufzuschließen. Wir gingen und gingen, ich konnte nicht sagen, wie lang wir unterwegs waren. Es hätten Tage, Wochen oder sogar Monate sein können. Hin und wieder blieb ich stehen und sah in die Ferne. Der Ausblick war herrlich. Von hier aus konnte man das ganze Reich der Finsternis überblicken. Ich sah Berge, Sümpfe, die Hügellandschaft, den Fluss jenseits der Berge und der Hügellandschaft und einige Flüsse und Seen. Ein paar der Flüsse waren schwarz mit einem grünen Leuchten, so als wären grüne Lampen im Wasser. Andere Seen und Flüsse waren aus Blut, es war dennoch ein sehr schönes Bild. Nachdem wir oben angekommen waren, standen wir vor dem Tor zu Burg, auch hier waren wieder einige Wachen. Als wir uns dem Durchgang näherten, traten sie untertänig beiseite und das Tor öffnete sich. Guinevere schritt majestätisch voran und ich folgte ihr vorsichtig.

Wir betraten einen großen Saal, in dem ein Thron stand. Darauf saß ein junger Mann mit schwarzen Haaren und einem schwarzen Gewand. Seine Pupillen waren ebenfalls schwarz und sein Lächeln erschien dämonisch. An den Wänden hingen Trophäen, es waren Köpfe mit spitzen Zähnen und leeren schwarzen Augenhöhlen. Aus dem Boden ragten Hände, die nach mir zu greifen schienen. Der ganze Saal war in Schwarz und Grün gehalten. Ich sah mich ein wenig in dem Saal um und bekam eine Gänsehaut. Dann ertönte eine sanfte Stimme, die dem jungen Mann gehörte: „Sei mir willkommen!"

Ein leichter Schrecken durchfuhr meinen Körper, ich hatte nicht damit gerechnet, dass er so plötzlich etwas sagen würde. Aber ich antwortete dennoch: „Wo bin ich hier?"

Der Mann auf dem Thron war sichtlich amüsiert: „Du bist hier im Reich der Finsternis.", nachdem er dies gesagt hatte winkte er Guinevere zu sich. Sie näherte sich dem Thron, allerdings mit langsamen Schritten und alles, was sie vorher majestätisch und geheimnisvoll düster gemacht hatte, war nun verschwunden. Sie wirkte wie eine Raubkatze, die sich einem überlegenen Gegner näherte. Als Guinevere den Thron erreichte, kniete sie sich nieder und schmiegte sich wie ein Schmusekätzchen an die linke Seite des Throns und ließ sich den Kopf kraulen. Dann fuhr der Mann auf dem Thron fort: „Du fragst dich sicherlich, warum du hier bist. Aber das kann ich dir nicht genau sagen, da der Zeitpunkt noch nicht reif dafür ist. Wenn die Zeit gekommen ist, wird Nicolai sich um dich kümmern und dir alles erklären. Ich wollte mir vorher schon mal einen ersten Eindruck von dir verschaffen."

Ich verstand nicht genau, was vor sich ging aber es gefiel mir nicht.

„Ich weiß noch nicht einmal wer du bist. Und was die ganzen Dinge, die mir in den letzten Tagen passiert sind, zu bedeuten haben weiß ich auch nicht. Es wäre wirklich mal schön ein paar Antworten zu bekommen.", antwortete ich ihm.

Das Lächeln war noch immer nicht aus seinem Gesicht verschwunden, als er meine Frage beantwortete: „Ich habe viele Namen. Glaube mir, wenn du so lange lebst wie ich, dann ist ein Name wie der andere; austauschbar. Ich verrate dir jedoch gerne meine Rolle. Diese ist für dich und alle anderen durchaus von größerer Bedeutung als irgendeiner meiner Namen. Von daher kannst du mich bald, wie alle anderen auch, einfach nur Vater oder Fürst nennen. Man nennt mich so, weil ich der erste unserer Art bin. Und du bist hier, da du für mich sehr wichtig bist."

„Warum bin ich denn so wichtig? Ich bin ein ganz gewöhnlicher Mensch, so wie alle anderen auch.", gab ich zurück.

Er begann laut zu lachen, bevor er weitererzählte: „Oh nein! Du bist nicht gewöhnlich. Ganz im Gegenteil, du bist sogar, dass was ich als ganz und gar außergewöhnlich bezeichnen würde. Aber du wirst alles Notwendige zum richtigen Zeitpunkt erfahren."

Seine Worte hatten mich noch mehr verwirrt als ich es ohnehin schon war und mich am Kopf kratzend sagte ich: „Was um alles in der Welt geht hier denn bloß vor?"

Wieder setzte er sein Lächeln auf und sagte in ruhigem Tonfall: „Zerbrich dir nicht deinen Kopf. Warte ab und sei geduldig. Du wirst alles zu seiner Zeit erfahren und dann wird es Sinn ergeben. Guinevere, warum geleitest du unseren Gast nicht wieder zurück?"

Sie erhob sich und kam zu mir herüber. Dann nahm sie meine Hand und wandte sich zum Gehen. Ich dachte kurz nach und kam zu dem Entschluss, dass er Recht hatte, irgendwie. Sein Mund verzog sich wieder zu einem Lächeln und er sagte: „Dein Schweigen verrät mir, dass du der gleichen Meinung bist, wie ich. Wir werden uns wiedersehen. Wenn der Sommer stirbt und der Herbst zu neuem Leben erwacht. Und glaube mir, der Sommer stirbt schnell." Dann hob er seinen linken Arm und alles begann sich zu drehen. Seine letzten Worte hallten in meinem Kopf immer wieder nach. Ich verlor den Boden unter den Füßen und fiel in ein riesiges schwarzes Loch.

Mein Fall wollte nicht enden, doch dann schreckte ich hoch und fand mich in einem Bett wieder. Die Worte „Der Sommer stirbt schnell." hallten noch immer in meinem Kopf nach. Allerdings verstummten sie nach wenigen Augenblicken. Der Raum war mir fremd. Die Fenster waren mit Läden von außen verschlossen. Was um alles in der Welt war passiert? Wie war ich hierhergekommen? Und wieso konnte ich meine Augen nun wieder öffnen? Das letzte Mal als ich sie versuchte zu öffnen, hatten sie mir den Dienst versagt. Und nun wachte ich nach einem echt üblen Traum auf und befand mich in einem fremden Raum. Langsam versuchte ich mich aufzurichten. Zwar konnte ich meine Gliedmaßen bewegen, aber es fiel mir sehr schwer. Überall in meinem Körper kribbelte es, so als wären meine Extremitäten eingeschlafen und erwachten nun langsam aber sicher. Schmerz durschnitt meinen Körper von den Beinen bis in den Brustkorb als ich es endlich geschafft hatte meine Füße auf den Boden zu stellen. Während meiner ersten zaghaften Gehversuche verlor ich beinahe mehrere Male das Gleichgewicht. Doch nach einer Weile bekam ich den Dreh heraus, wie das mit dem Gehen noch gleich funktionierte. Eine weitere Weile später konnte ich bereits den Raum vollständig durchschreiten. Noch immer verstand ich nicht was das alles sollte, aber in diesem Augenblick konzentrierte ich mich darauf erst einmal herauszufinden wie ich aus diesem Raum wieder herauskam. Die Fenster waren mein erster Anlaufpunkt, da ich davon ausging, dass die Tür ohnehin verschlossen war. Doch mit den Fenstern hatte ich auch kein Glück, da diese nicht nur mit Läden verschlossen waren, sondern obendrein waren die Läden auch noch vernagelt. So konnte ich zwar die Fenster als solche öffnen, aber hinausschauen war nicht möglich. Vielleicht musste ich auch einfacher denken und vielleicht war ich gar nicht gefangen, sondern konnte einfach durch die Tür herausspazieren. Ich trat an die Tür heran, nahm den Knauf in die Hand und öffnete sie mühelos beim ersten Versuch.

Ein Mann, der auf einem Stuhl saß, blickte von seinem Buch auf und sah mich an. Seine finstere Mine hellte sich auf und ein Lächeln verzierte sein fahles Gesicht.

„Guten Abend, Schlafmütze.", begrüßte er mich.

Er machte einen Schritt in meine Richtung und ich wich zurück. Dabei verlor ich das Gleichgewicht und fiel zu Boden. Sofort war er an meiner Seite und half mir auf.

„Na sowas. Wo willst du denn hin? Du hast doch wohl nicht erschrocken?"

Mit weit aufgerissenen Augen starrte ich ihn an während er mir dabei half mich auf der Bettkante niederzulassen.

„Hm. Scheinbar doch. Ok, ich fang nochmal von vorn an. Vielleicht sollte ich mich erstmal vorstellen. Mein Name ist Aki."

„Hallo.", meine Stimme klang heiser und war sehr leise.

„Ah, ich merk schon. Du kannst noch nicht so wirklich sprechen. Naja, das wundert mich jetzt nicht. Du warst ganz schön lange Zeit außer Gefecht. Ich meine, wir wussten nicht ob du überhaupt nochmal aufwachst. Aber gut, das ist schon mal eine Sorge weniger die wir jetzt haben. Du bist ja wieder wach. Also, was kann ich für dich tun? Brauchst du irgendwas? Soll ich dir was zu trinken holen?"

Er hätte genauso gut die ganze Zeit Bahnhof sagen können, denn ungefähr so viel verstand ich von dem was er sagte. Ich räusperte mich kurz.

„Was ist hier los? Wo bin ich hier? Was ist mit mir passiert?"

Fragend sah mich Aki an.

„Du meinst, niemand hat dich aufgeklärt? Nicht einmal Guinevere oder Nicolai? Aber du hast von dem Wein getrunken, oder?"

Ich nickte kurz.

„Gut. Na immerhin etwas. Also, dein Körper beginnt sich zu verändern. Ich meine solche Dinge wie, Gewichtsverlust, Aufhellen der Hautfarbe, Änderung der Haarfarbe und Appetitlosigkeit. Hast du all diese Veränderungen schon durchlebt oder durchlebst sie noch?"

Ich zuckte mit den Schultern.

„Ach ja, hatte ich schon fast wieder vergessen, du warst ja ohnmächtig. Wenn dich bislang niemand aufgeklärt hat, dann gibt es sicher Gründe dafür und ich werde Nicolai nicht ins Handwerk pfuschen. Alles was ich dir sagen kann ist, dass du dich in London befindest. Wir haben dich in einem Gasthaus untergebracht, dass zu unserer äh Organisation gehört. Das Star Inn hat alles was du brauchst. Du musst mir nur Bescheid sagen.

Also, sobald das mit dem Sprechen wieder richtig funktioniert. Alles Weitere wird Nicolai dir sicher nach deiner Verwandlung erzählen.", sagte Aki nachdenklich.

Mich überkam ein seltsames Gefühl und ich wusste nicht so recht, was ich darauf sagen sollte.

„Warum hast du die ganze Zeit vor meiner Tür gesessen?"

Er machte ein amüsiertes Gesicht und sagte dann: „Zu deinem Schutz. Deshalb mussten wir auch die Fenster vernageln. Wir konnten nicht riskieren, dass unsere Feinde mitbekommen, dass du hier bist und sie dich im Schlaf töten."

„Wie lange war ich bewusstlos?"

„Lass mich mal überlegen. Also, wir haben jetzt Ende August und du musst irgendwann im März eingeschlafen sein. Um ehrlich zu sein, wussten wir gar nicht wie du überhaupt reagieren würdest. Ich meine, unsere Praktiken sind auf reguläre Menschen ausgelegt und nicht auf…", er biss sich auf die Zunge, „Vergiss es einfach wieder. Wir sind auf jeden Fall froh, dass du wieder wach bist. Wenn du Durst bekommst, melde dich, ich bleibe weiterhin vor der Tür sitzen bis Nicolai wiederkommt."

„Und was ist, wenn ich mal raus will?", fragte ich vorsichtig.

„Na, du kannst fragen stellen. Da muss ich erst noch mal nachfragen. Aber generell würde ich sagen, dass du nicht ohne Begleitschutz raus darfst. Vor allem nicht, solange du noch in einem wenig stabilen Zustand bist. Ich meine, du hast monatelang gelegen, da musst du doch Schwierigkeiten mit den Bewegungen haben. Außerdem sind wir hier nicht mehr auf dem Land. Das ist hier die große Stadt und hier weht ein anderer Wind durch die Straßen. Es ist gefährlich für unsereins. Aber das kann ich dir jetzt nicht erklären. Also ich gehe jetzt, bevor ich mich hier noch verplappere."

Die folgenden Wochen waren sehr sonderbar für mich. Ich hatte das Gefühl nicht wirklich zu leben, sondern nur in einer Art Zwischenwelt vor mich hin zu vegetieren. Des Tags plagten mich Gedanken, die sich mit den Ereignissen der letzten Monate beschäftigten und des Nachts wurde ich weiterhin von grausamen Träumen heimgesucht. Den restlichen Monat hörte ich nichts mehr von Aki, Nicolai oder Guinevere. Das kam mir sehr seltsam vor. Alles, was ich regelmäßig vorfand waren Weinflaschen. Das war die einzige Nahrung, die mir vorgesetzt wurde. Aus Gründen, die ich mir selbst nicht erklären konnte, erschien mir das ausreichend. Weder verspürte ich Hunger noch tatsächlichen Durst. Jede Regung meines bisherigen Ess- oder Trinkverhaltens schien vollständig unterbrochen oder abgelegt zu sein. Jeder Versuch zu entkommen war zwecklos. Die Tür war mittlerweile abgeschlossen und egal wie oft ich auch davor rannte, es brachte nichts. Die Angeln hielten und bewegten sich keinen Millimeter. Mit der Zeit taten mir nicht einmal mehr die Schultern weh von den zahlreichen Kontakten mit dem massiven Holz. Also tat ich das einzige was mir blieb und das war den Wein zu trinken und auszuharren.

Eines Nachts ertönten plötzlich laute Schreie. Wie ein Raubtier in einem Käfig ging ich im Zimmer auf und ab, während ich immer wieder versuchte durch die Ritzen im Holz der Fensterläden einen Blick auf das Geschehen zu erhaschen. Meine Versuche blieben erfolglos. Es dauerte nicht lange bis die Zimmertür aufflog und Aki mit einer fremden Person im Zimmer stand.

„Sam! Du lebst! Zum Glück! Komm, wir müssen hier raus! Die ganze Stadt brennt!", rief Aki.

„Was?! Ich verstehe nicht."

„Keine Zeit! Schnell! Wir müssen hier weg oder wir sterben!"

Augenblicklich folgte ich Aki und dem anderen Mann die Treppen hinunter bis auf die Straße. Der Anblick der sich mir bot war kaum zu begreifen. In einiger Entfernung standen Häuser lichterloh in Flammen. Rauchschwaden und glühende Funken flogen durch die Straßen. Menschen rannten wild umher. Einige mit ihren Familien, andere mit Eimern voller Wasser und wieder andere versuchten ihr Hab und Gut irgendwie zu retten bevor die Flammen erneut ein Haus verschlangen. Der Rauch nahm mir beinahe die Sicht und die Orientierungslosigkeit übermannte mich. Akis Begleiter griff meinen Arm und zog mich in einen Hinterhof, der zu dem Star Inn gehörte. Vor einer Kutsche stand Aki.

„Sam, schnell hier rein, bevor dich jemand sieht."

Ich tat wie mir geheißen.

„Was ist überhaupt los?"

„Also, wir befinden uns im Krieg und zwar mit den sogenannten Jägern. So nennen wir sie zumindest. Und irgendwo in der Nähe hat einer dieser

Jäger mit Feuerpfeilen auf ein paar von uns geschossen und während der Verfolgungsjagd ist das Feuer immer weiter übergesprungen und naja, was daraus geworden ist, siehst du ja hier. Das heißt aber auch, dass wir hier ganz schnell wegmüssen. Ich weiß nur nicht wohin."

Da fiel mir etwas ein.

„Mein Onkel Henry wohnt in Cornwall. Das ist doch von hier aus gut zu erreichen, oder irre ich mich?"

„Das ist zwar ein ganzes Stück weit weg, aber ich bin nicht ortskundig hier in London und weiß nicht wo der nächste sichere Unterschlupf ist. Ok, wir machen uns auf den Weg dorthin und unterwegs werde ich zusehen, dass ich Nicolai irgendwie benachrichtige.", er wandte sich dem anderen Mann zu, „Colin, du hältst die Stellung so gut es geht. Wir holen dich hier raus sobald es möglich ist, du weißt ja wie das läuft. Wir machen uns auf den Weg nach Cornwall. Mach's gut, Bruder."

Colin nickte nur kurz und verschwand in der Nacht. Wir setzten uns mit der Kutsche in Bewegung.

# Kapitel 5

Während der Reise ließ ich meinem Onkel Henry per Post eine Nachricht zukommen, die ihn davon in Kenntnis setzte, dass ich ihn besuchen kommen würde. Ich hoffte inständig, dass die Nachricht nicht erst nach meinem Eintreffen ankommen würde. Glücklicherweise stellte sich die Post als zuverlässig heraus und der Brief traf noch vor meiner Ankunft ein, anders hätte ich mir den Empfang, den Henry mir gab nicht erklären können. Am Tag meiner Ankunft saß ich allein in der Kutsche. Aki war unterwegs zu einem wichtigen Treffen mit Nicolai und ließ mich den Rest des Weges alleine verbringen. Niemand ging davon aus, dass so weit draußen auf dem Land die Jäger sehr aktiv sein würden. Nicht nachdem das Feuer in London vier Tage lang für Chaos, Tod und Zerstörung gesorgt hatte. Vermutlich waren sie damit beschäftigt eine Geschichte zu erfinden, die alle Schuld von ihnen fernhielt. Das jedenfalls war Akis Vermutung.

Henry stand mit seiner Frau Julia und den Bediensteten am Eingang des Anwesens Blackgraves. Dieses Anwesen befand sich seit Generationen im Familienbesitz und war ebenfalls unser Namensgeber, jedenfalls für den Nachnamen. Der Name rührte daher, dass die Familiengräber, die sich auf dem Anwesen befanden immer im Schatten des Herrenhauses lagen, unabhängig vom Sonnenstand. Dieser Name trat bereits vor dem Versterben der ersten Bewohner unserer Familie in Erscheinung, da meine Verwandten bereits zu Lebzeiten den Platz für die

Familiengrabstätte ausgewählt hatten.

Nach meiner Ankunft bezog ich mein altes Kinderzimmer. Nachdem meine Eltern früh in meiner Kindheit gestorben waren, wuchs ich bei Henry und seiner Frau Julia auf. Abends ließ er ein prächtiges Festessen auftischen.

„Und mein Junge, was führt dich her? Ich war ein wenig überrascht von deinem Besuch zu erfahren. Nicht, dass ich mich nicht freuen würde, aber in der letzten Zeit hast du uns nicht oft besucht.", fragte er.

„Ach, Onkel Henry. Ich musste einfach mal raus aus der Stadt. Ich denke, dass ich jetzt bis Ende September hier bei euch Urlaub machen werde. Im neuen Semester mache ich mich dann daran fertig zu werden. Ich habe sehr viel zu tun gehabt in den letzten sechs Monaten, daher brauche ich einfach mal etwas Abstand.", gab ich ihm zur Antwort. Seine Augen begannen zu leuchten und er sagte fröhlich: „Das freut mich sehr zu hören, mein Junge. Ich bin immer froh dich zu sehen. Und wenn es dir hier immer noch gefällt, hast du vielleicht ja Interesse nach deinem Abschluss hierher zu ziehen und eine Stellung als Arzt hier anzutreten. Unser Hausarzt, der ein guter Freund ist, wie du weißt, möchte sich nächstes Jahr zur Ruhe setzen. Du könntest für ihn übernehmen. Wenn du magst, kann ich ja mit ihm reden."

„Wenn es dir keine Umstände macht. Dann kannst du ja ein gutes Wort für mich einlegen."

Mein Onkel nickte zustimmend und nach dem Essen verließ er das Zimmer, um seinen Brandy und eine Zigarre zu sich zu nehmen. Er lud mich zwar dazu ein, weil ich ja jetzt ein Mann war, aber ich lehnte das Angebot dankend ab. Ich wollte lieber den Abend in meinem Zimmer genießen und vielleicht ein wenig auf dem Friedhof und an der Klippe spazieren zu gehen, die am Ende des Gartens lagen, den man von meinem Zimmer aus gut erreichen konnte.

Als ich mein Heim aus Kindertagen betrat, überkam mich ein merkwürdiges Gefühl. Es war alles so gewesen, wie ich es vor sechs Jahren verlassen hatte. Mein Schreibtisch stand noch immer am Fenster und mein Bett an der Wand gegenüber. In meinem Bücherregal standen noch die gleichen Bücher. Das Zimmermädchen hatte mein Bett frisch bezogen. Ich ging zum Fenster herüber und genoss die Aussicht. Von meinem Zimmer konnte man den Garten, den Familienfriedhof und die Klippe mit dem Meer dahinter sehen. Ich öffnete das Fenster und atmete tief ein. Die Luft schmeckte frisch und salzig, dazu wehte ein leichter Wind.

Ich beschloss, mich in den Baum neben dem Fenstersims zu begeben und von dort in den Garten hinab zu klettern. Ich war zwar etwas wackelig, als ich den Baum hinunterkletterte, weil es schon einige Zeit her war, dass ich dies das letzte Mal gemacht hatte, aber ich schaffte es, ohne mir eine Verletzung zu zuziehen. Als ich im Garten umherwanderte, sah ich mir den Himmel an. Er war endlos schwarz, gespickt mit Sternen, die wie Diamanten leuchteten. Der Mond war voll und warf ein fahles Licht auf alles. Ich beschloss, den Familienfriedhof aufzusuchen und meinen Eltern einen Besuch abzustatten. Als ich mich dem Grab meiner Mutter

57

näherte und es mir anschaute, fiel ich auf die Knie und mein Herz wurde schwer. Ich vergrub meine Hände im Boden und Tränen liefen mir über die Wangen. Dann spürte ich eine Hand auf meiner Schulter und eine sanfte männliche Stimme sagte: „Samuel. Sei gegrüßt, mein Sohn." Ich drehte mich um und vor mir stand mein Vater. Träumte ich oder war ich wach? Ich konnte es nicht sagen, aber ich schloss es auch nicht aus, da mir in den letzten Monaten so viele seltsame Dinge widerfahren sind. Ungläubig fragte ich: „Vater? Bist du es wirklich?"

Ich sah ihn genauer an. Er hatte ein schwarzes Gewand an und hatte grüne Haare sowie leuchtend grüne Pupillen. Mein Vater reichte mir seine Hand und half mir auf, dann gingen wir an der Klippe entlang und setzten uns ins Gras. Er sah mich an und musterte mich und begann schließlich zu reden: „Mein Sohn, ich weiß, du bist verwirrt und verstehst nicht was hier vor sich geht. Die genauen Einzelheiten kann ich dir leider auch nicht erklären. Alles, was ich dir sagen kann ist, dass ich nach meinem Tod wieder zu mir kam und nun durch Raum und Zeit wandeln kann. Wie das alles funktioniert kann ich dir nicht sagen, das habe ich selbst noch nicht herausgefunden. Aber ich glaube ihr nennt ein Wesen wie mich einen Dämon. Es existieren alte Legenden und es wurde lange gemutmaßt, ob es sie wirklich gibt. Doch einen Beweis konnte niemand erbringen. Das ist aber nicht der Grund weshalb ich hier bin."

„Was ist der Grund? Ich meine, du bist vor so langer Zeit gestorben und wenn du hättest zurückkommen können, was hat dich abgehalten?"

„Ich habe erst jetzt herausgefunden wie das alles funktioniert mit dem

Reisen. Außerdem, da wo ich erwacht bin vergeht die Zeit anders als hier. Aber das ist schwer zu erklären. Ich bin gekommen, weil ich dich sehen wollte. Damals starb ich vor deiner Geburt und als ich erfuhr, dass ich einen Sohn habe konnte ich es nicht glauben."

„Was war so schwer daran zu glauben?"

„Mir wurde gesagt, dass ich niemals Kinder haben könnte. Und bevor ich starb wusste ich noch nicht einmal, dass deine Mutter schwanger war."

„Kannst du mir etwas über meine Mutter sagen? Oder über dich und dein Leben beziehunsgweise, weshalb du gestorben bist? All diese Fragen habe ich als Kind Henry gestellt, aber er hat sie mir nie beantwortet."

„Das konnte er auch nicht. Henry wusste selbst nicht genau was vorgefallen war. Deine Mutter und ich lernten uns in den Anfängen des Krieges mit den Jägern kennen. Die ersten Kämpfe brachen aus und waren sehr heftig. Auf jeder Seite starben Hunderte. Sie war die Tochter eines Jägers mit hohen Ambitionen, der sich zum Anführer aufschwang und den Kampf besonders grausam führte. Wir beiden hatten zunächst keine Ahnung wer der jeweils andere war, aber als wir uns verliebt hatten und es schließlich entdeckten wollten wir trotzdem nicht mehr voneinander lassen. Es dauerte nicht lange und unsere Beziehung flog auf. Also wurde ich in einen Hinterhalt gelockt und dann brachte ihr Vater vor meinen Augen seine Tochter um. Anschließend wurde ich getötet."

„Das ist eine ziemlich grausame Geschichte. Aber was genau ist dieser Krieg überhaupt? Und was sind das für Menschen, die sich Jäger nennen und andere Menschen einfach jagen?"

„Mein Sohn, das ist alles sehr schwer zu erklären. Aber vor allem ist es nicht meine Aufgabe."

„Ja, ja, ich weiß. Nicolai wird mir alles erklären. Ich kann es langsam aber sicher nicht mehr hören."

„Samuel, mehr kann ich dir nicht sagen. Die Nacht neigt sich dem Ende, ich muss wieder gehen. Wir werden uns ganz sicher irgendwann einmal wiedersehen. Pass auf dich auf, mein Sohn. Bis in alle Ewigkeit."

Dann saß ich allein an der Klippe und sah auf das dunkle, endlose Meer hinaus und fing an zu weinen. Nachdem ich mich beruhigt hatte, kletterte ich in mein Zimmer zurück und legte mich schlafen.

Eines Nachts, einige Tage später, schlich ich mich durch das Haus, weil ich in der Küche noch einen kleinen Mitternachtsimbiss zu mir nehmen wollte. Als ich in der Küche ankam entdeckte ich, dass das Fenster offenstand. Dies war sehr ungewöhnlich, da die Köchin die Fenster über Nacht immer geschlossen hielt. Ich ging also zum Fenster und wollte es schließen und da machte einen seltsamen Fund. Am Fensterrahmen hing ein schwarzer Kleiderfetzen. Ich fragte mich, wie er dorthin kam. Irritiert ging ich zum Vorratsschrank und nahm mir ein Stück Kuchen, den wir zum Nachtisch hatten. Nachdem ich das Stückchen gegessen hatte, ging ich wieder nach oben. Als ich am Zimmer meines Onkels vorbeikam, hörte ich einen dumpfen Aufschlag. Ich öffnete die Tür und was ich dann sah, verschlug mir den Atem. Mein Onkel lag auf dem Boden und neben ihm stand ein Mann, der ganz in Schwarz gekleidet war. Er hatte schwarzes Haar, weiße Haut und schwarze Pupillen. Sein Mund war rötlich gefärbt und mit spitzen Eckzähnen versehen. Als ich ins Zimmer trat und die Tür lautstark schloss sah er mich überrascht an.

„Was zum Teufel machst du denn hier? Ich dachte der alte Mann wäre allein.", sagte er und machte dabei einen Schritt auf mich zu. Ich wich zurück und sagte: „Was ich hier mache? Die Frage ist ja wohl eher was du hier machst! Wer bist du überhaupt? Was hast du mit meinem Onkel gemacht? Warum hast du ihn getötet du...", an dieser Stelle unterbrach er mich und tat so als hätte er Mitleid, „Oh, das war dein Onkel? Das tut mir aber leid...! Wer ich bin?", in seiner Stimme schwang ein Hauch von Arroganz mit und nach seinen letzten Worten baute er sich auf und seine Brust schwoll voller Stolz an, dann stellte er sich vor: „Ich bin Leif! Aus dem schönen Norwegen! Und ich werde jetzt meinen Durst an dir, armseligen Menschlein stillen! Ich wünsche angenehmes sterben!"

Leif stand plötzlich vor mir und hatte mich mit dem Rücken an die Wand gedrängt. Ich konnte seinen kalten Atem spüren und in seinen Augen flackerte Verachtung auf. Dann beugte er sich zu meinem Hals vor und ich merkte, wie seine Nase meinen Hals berührte. Und plötzlich ließ er von mir ab und sah mich überrascht an und sprach: „Oh, du bist ja gar kein Menschlein! Verflucht! Dabei habe ich doch noch so einen Durst!", enttäuscht setzte er sich auf das Bett meines Onkels und hob ihn dann auf. Er nahm ihn in den Arm, als wolle er mit ihm tanzen und redete dann mit der Leiche: „Ich bin enttäuscht von dir, alter Freund. Du hättest mir ruhig sagen können, dass dein Neffe so ein spezielles Wesen ist. Dann hätte ich mir mit dem Personal mehr Zeit gelassen und es vollends genossen. Aber dank dir habe ich jetzt noch so einen Durst. Du musstest ja auch einfach hereinplatzen, als ich das Dienstmädchen ausgesaugt habe. Also wirklich. Ich habe hundert Jahre gehungert und du hast mir nicht einmal das Vergnügen gegönnt satt zu werden.", seine Stimme lief nur so über vor Spott und es zerriss mir das Herz, dass er mit der Leiche herumspielte.

Ich näherte mich Leif von hinten und zog ihn an den Schultern über' s Bett, bis er auf den Boden fiel. Er sprang auf, klopfte sich symbolisch den Staub von der Kleidung und packte mich. Er drückte mich gegen die Wand und zischte mich an: „Was glaubst du eigentlich, wer du bist? Wage es nie wieder. Hörst du? Nie wieder mich so anzufassen, wie vorhin. Dann werde ich dich töten. Er mag ja dein Onkel gewesen sein, schön und gut. Aber lass dir eines gesagt sein, wir töten Menschen. So ist nun mal der Lauf der Dinge."

Seine Worte erschreckten mich und ich bekam ein wenig Angst vor ihm. Dann ließ er mich los und ich spürte noch den Druck seiner Hand an meinem Hals.

Ich war sprachlos. Leif ging zum Fenster, öffnete es und wollte gerade hinausspringen, doch bevor er das tat, drehte er sich noch einmal zu mir um und sagte: „Wir werden uns wiedersehen. Gute Nacht!"

Dann verschwand er in der Dunkelheit.

Ich sah mich im Zimmer meines Onkels um und war völlig fassungslos. Er hatte ihn getötet, ich konnte es nicht glauben. Leif war in dieses Haus gekommen und hatte das Dienstmädchen und meinen Onkel getötet, einfach so. Warum tat er das? Wann um alles in der Welt würde sich jemand dazu herablassen die Zeit als gegeben zu betrachten, um mir den Tod meines letzten Verwandten zu erklären?

Dann beschloss ich ihn in sein Bett zu legen und so zu tun als wäre nichts geschehen. Die Leiche war sehr schwer und ich hatte nicht viel Zeit, bis seine Frau von ihrem Mitternachtsbad zurückkam. Als ich es endlich geschafft hatte, verzog ich mich in mein Zimmer und dachte über seinen Tod nach. Es hatte große Konsequenzen für mich, denn nun hatte ich mein letztes richtiges Familienmitglied verloren.

Nach einer Weile hörte ich einen schrillen Schrei. Ich stand auf, zog den Ärmel meines Hemdes über die Wunde und ging ins Schlafzimmer meines Onkels. Seine Frau war über ihn gebeugt und weinte bitterlich. Ihre Tränen ließen mich kalt aber der Anblick meines toten Onkels ließ mich erneut erschauern. Ich ging zu ihr und fragte: "Was ist passiert?"

Sie antwortete nicht, sie sah mich nur mit großen verheulten Augen an.

Ich wiederholte meine Frage, obschon ich genau wusste was geschehen war: „Julia! Was ist passiert?"

Julia schluckte und sagte dann mit zittriger Stimme: „Ich habe mein Mitternachtsbad genommen, so wie jeden Mittwoch. Und als ich wiederkam, lag er hier tot. Ich weiß nicht was geschehen ist. Aber das Fenster war auf. Samuel, ich glaub er wurde ermordet und der Mörder kam durchs Fenster."

Kalt erwiderte ich: „Beruhige dich erstmal. Ich werde ins Dorf reiten und die Wache holen.“

Ich machte mich auf den Weg zum Pferdestall und nahm mir das nächstbeste Pferd. Dann ritt ich los.

Es dauerte nicht lange und ich kam im Dorf an. Ich ritt zur Station und sagte der Nachtwache Bescheid. Der Diensthabende sah mich misstrauisch an und traf alle notwendigen Vorbereitungen. Dann machte er sich auf den Weg zum Bestatter, um mit ihm zum Anwesen meines Onkels zu fahren.

Derweil machte ich mich wieder auf den Rückweg. Doch auf halbem Wege, auf einem verlassenen Feldweg, der mir als Abkürzung diente, standen zwei schwarze Gestalten mitten auf dem Weg. Als ich mich ihnen näherte, erkannte ich Leif und Aki. Sie machten keine Anstalten mir aus dem Weg zu gehen und als es fast zu spät ihnen auszuweichen bäumte sich mein Pferd auf und warf mich beinahe ab, dann blieb es vor den beiden stehen.

Leif und Aki sahen mich an und ich fragte dann: „Was macht Ihr hier?! Ihr solltet lieber verschwinden sonst ...“, dann unterbrach mich Leif, „Sonst was? Die Stadtwache wird mir nichts anhaben können.“

Aki fiel ihm scharf ins Wort: „Sei ruhig, Leif. Samuel hat Recht. Du hättest vorsichtiger sein müssen. Einen bekannten Anwalt zu töten war nicht gerade vorteilhaft. Wir sollten doch nicht auffallen.“

Ich fragte Aki: „Soll er mich etwa auch beschützen? Oh je, ich bin mir mittlerweile nicht mehr sicher, ob ich wirklich so wichtig bin. Woher kennt ihr euch eigentlich?“

Aki sah Leif an und verzog missbilligend das Gesicht, dann sagte er: „Wir haben uns vor einer Ewigkeit in Schweden kennen gelernt. Aber dafür bleibt jetzt keine Zeit. Seitdem sind wir Partner und erledigen meistens unsere Aufträge gemeinsam. Du solltest jetzt aber nach Hause reiten. Wir wollten hier eigentlich jemanden treffen. Und du würdest uns dabei nur stören, außerdem dürfte die Nachtwache mittlerweile dort eingetroffen sein." Ich befolgte seinen Rat und setzte meinen Weg fort.

Als ich zu Hause eintraf, war der Diensthabende schon vor Ort und die Leiche meines Onkels wurde herausgetragen und zu einem Bestatter gebracht. Der Stationsvorsteher kam auf mich zu und sagte: „Guten Abend, Sir. Ich würde Ihnen gerne einige Fragen stellen, wenn Sie gestatten."

„Ja, doch. Aber wenn Sie nichts dagegen haben, würde ich gerne erstmal mein Pferd in den Stall bringen."

Nachdem ich wieder ins Haus zurückgekehrt war, kam der Wachoffizier wieder auf mich zu und wollte mir einige Fragen stellen. Wir begaben uns ins Raucherzimmer, dort setzte ich mich an den Tisch, der Uniformierte nahm mir gegenüber Platz. Dann begann er seine Fragen zu stellen: „Sir, ist Ihnen heute Abend irgendetwas Verdächtiges aufgefallen. Offene Fenster oder Schritte im Haus, die Ihnen verdächtig vorkamen?"

Ich tat so als würde ich überlegen aber meine Antwort war mir von vornherein klar. „Nein, ich habe nichts dergleichen bemerkt. Ich habe bereits geschlafen, als die Frau meines Onkels plötzlich zu schreien begann. Und als ich zu ihr gegangen bin, um zu sehen, was geschehen war, sah ich sie über meinen toten Onkel gebeugt. Dann bin ich ins Dorf geritten und habe sie verständigt. Ist sonst noch etwas? Ich würde gerne schlafen gehen. Ich fühle mich, wie Sie sich vorstellen können, nicht gerade sehr gut und ich wäre jetzt lieber allein."

Der Wächter sah mich misstrauisch an, nahm dann seine Sachen und verabschiedete sich: „Gute Nacht, Sir."

„Gute Nacht.", antwortete ich.

Dann ging ich in mein Zimmer und legte mich ins Bett. Ich konnte noch eine ganze Weile die Nachtwache unten im Haus hören. Doch irgendwann waren sie weg und ich konnte in Ruhe einschlafen.

Die nächsten Tage waren nicht gerade sehr leicht für mich und die Frau meines Onkels. Nach seiner Beerdigung ging es mit meiner Gesundheit allmählich bergab. Ich aß kaum noch etwas und trank allerhöchstens etwas von dem Wein, den Guinevere mir bei meiner Abreise gegeben hatte. Sie fehlte mir sehr und ich verfiel in Depressionen. Das Ganze erreichte seinen Höhepunkt als die Weinflasche leer war.

Es war am 20. September 1666, es war ein sehr heißer, schwüler Spätsommertag. Ich lag den ganzen Tag in meinem Bett, mein Körper war so schwach, dass ich nicht einmal aufstehen konnte. Hohes Fieber plagte mich und am Nachmittag bekam ich große Schmerzen in beiden Armen. Erst waren sie nur in meinen Armen aber schon bald breitete sich der Schmerz im gesamten Körper aus. Die Beine, der Bauch und ganz besonders mein Herz und die Lungen. Die Frau meines Onkels war in großer Sorge um mich und schickte immer wieder jemanden, der nach mir sah, hinauf. Als der Abend langsam dämmerte, wurden der Schmerz und das Fieber noch schlimmer. Meine Adern traten hervor, Schweiß lief mir aus allen Poren und mein Körper wurde von heftigen Krämpfen geschüttelt. Ich wand mich hin und her doch es half nichts. Julia ließ den Hausarzt herbeirufen und machte mir kalte Umschläge. Doch auch diese konnten meinen Schmerz nicht lindern. In einem Augenblick als ich allein in meinem Zimmer lag und vor Schmerz wimmerte flehte ich leise um Hilfe: „Hilfe! Warum hilft mir niemand? Wenn du wirklich existierst Gott, warum heilst du nicht meine Wunden? Warum hilfst du mir nicht? Warum?"

Als es Abend wurde, sank die Temperatur in meinem Zimmer nicht und ich hätte die Wände hoch gehen können, so unerträglich waren Schmerz und Hitze. Ich begann zu schreien; ich schrie als würde mich ein Inquisitor peinigen. Auf dem Höhepunkt meiner Schmerzen, öffnete sich die Tür und Julia trat ein, gefolgt von einem Arzt und einer Arztgehilfin. Der Arzt schickte Julia hinaus und seine Gehilfin schloss die Tür und verriegelte sie.

Er kam auf mich zu und lächelte mich an, erst da erkannte ich, wer dieser Arzt war. Es war Nicolai. Meine Angst wurde immer größer und meine Augen weiteten sich; ich glaubte, ich müsste sterben. Wobei mir das in diesem Moment am liebsten gewesen wäre, wenn nur meine Schmerzen endlich aufgehört hätten. Er legte mir die Hand auf die Stirn und zog meinen Ärmel zurück, dann sagte er: „Kein Medikament dieser Welt kann dir jetzt noch helfen. Aber du wirst gleich erlöst werden. Ich muss dir nur noch dies hier verabreichen."

Nicolai schnitt eine lange, tiefe Wunde in meinen linken Unterarm und träufelte etwas Blut hinein, die Wunde schloss sich und bei mir begann, sich alles zu drehen. Er winkte seine Gehilfin herbei und ich erkannte Guinevere. Ein leichtes Gefühl von Sicherheit überkam mich, hielt aber nicht lange an. Sie beugte sich zu mir herunter und sagte: „Mein lieber Samuel. Ich weiß nur allzu gut, was du jetzt gerade durchmachst. Mir erging es nicht anders, als ich verwandelt wurde. Aber ich werde dich jetzt von deinen Qualen erlösen. Ich wünsche angenehmes Sterben.", bei den letzten Worten lächelt sie.

Dann setzte sich Guinevere auf mich und begann meinen Hals sanft zu liebkosen. Ihre Lippen wanderten zu meiner Hauptschlagader und genau an dieser Stelle biss sie zu. Ich spürte einen sanften Stich und ein warmes Gefühl drang in mich ein. Es breitete sich langsam in meinem Körper aus und legte sich sanft auf den Schmerz. Ich begann, mich wohl zu fühlen. Doch plötzlich drehte sich der Raum wieder und alles verschwamm vor meinen Augen. Mir wurde kalt und ich begann, zu zittern. Ich wollte noch etwas sagen, doch alles, was ich heraus bekam war ein gurgelndes Röcheln. Guinevere ließ von mir ab und gab mir einen Abschiedskuss, dann verließ sie mein Zimmer. Ich lag auf meinem Bett und alles verschwamm vor meinen Augen. Ich lag allein auf meinem Bett und starb.

# Kapitel 6

Alles um mich herum war schwarz. Wind wehte und unter mir schwankte etwas. Ich schien zu liegen und der Boden bewegte sich. Es kam mir so vor als würde ich in einem Boot liegen, aber ich hörte keine Wellen. Ich hörte überhaupt gar nichts. Doch plötzlich knackte etwas und es fühlte sich so an als würde jemand für kurze Zeit auf der Stelle treten. Ich beschloss meine Augen zu öffnen, was ich sofort bereute. Gleißendes Licht brannte sich in meine Augen und ich konnte nichts sehen. Es war so als würde ich auf eine weiße Wand sehen. Doch langsam lichtete sich das Bild und das Weiß verblasste zu Schwarz.

Ich wollte mich aufrichten doch es gelang mir nicht. Sobald ich mich bewegte durchfuhr ein elender Schmerz meine Gliedmaßen, jede einzelne Faser meines Körpers wurde von diesem Schmerz heimgesucht und ich wollte laut aufschreien. Doch es ging nicht, meine Kiefer waren zu schwer um sie zu bewegen. Zudem war es noch entsetzlich kalt. Ich betastete meinen Körper, um zu fühlen ob noch alles dran war und bemerkte einen feinen Stoff. Anscheinend war ich in ein schwarzes Gewand gehüllt.

Meine Augen schweiften umher und ich versuchte etwas zu erkennen, doch da war nichts außer schwarzer Nacht. Am Himmel leuchteten die Sterne, heller als ich es je zuvor gesehen hatte und auch der Mond schien unnatürlich hell. Ich tastete den Boden entlang und merkte, dass er aus Holz war und an meinen Armen befand sich eine Art Reling. Ich war tatsächlich in einem Boot und fuhr auf einem Fluss in ewiger Nacht entlang. Vor mir war alles Schwarz, aber es schien, außer mir noch jemand an Bord zu sein und hinter mir entdeckte ich nun eine Lampe, kaum sah ich sie an entzündete sie sich von selbst. Nun erkannte ich auch etwas mehr um mich herum. Vor mir stand eine Gestalt in einer schwarzen Kutte und einem großen Ruderstock in der Hand, mit dem er das Boot steuerte. Wir fuhren durch einige Steintore, die aus dem Wasser herausragten. Unter einigen hingen leblose Körper und wieder andere hatten eine kleine Plattform, einem Bootsanleger gleich. Auf diesen Plattformen lagen aufgeschnittene Körper, aus denen die Eingeweide herausquollen. Angewidert sah ich mir die Umgebung an und hoffte es würde bald vorbei sein, doch die Tore und Plattformen erstreckten sich den ganzen Fluss entlang bis sie sich in weiter Ferne in der Unendlichkeit verliefen.

Plötzlich drehte sich die Gestalt um und sagte mit freundlicher Stimme aber hallender Stimme: „Ah, du bist endlich erwacht junger Freund. Ich hoffe du hast angenehm geschlafen."

Verwirrt antwortete ich: „Ich dachte ich wäre tot. Als ich in meinem Bett lag, da hörte mein Herz auf zu schlagen nachdem Guinevere meinen Hals liebkost hatte. Wie komme ich hier hin? Wo bin ich überhaupt und wer bist du?"

Die freundliche Stimme entgegnete: „Junger Freund, das sind aber viele Fragen auf einmal. Aber nun gut, du sollst deine Antworten bekommen. Du, mein junger Freund, bist wirklich tot. Und ich bin der Fährmann, euch Menschen besser bekannt als der Tod. Wir fahren in meinem Boot auf dem Fluss der Zeit und durchqueren gerade die Galerie des Selbstmordes. All die Leichen, die du hier siehst, haben sich selbst umgebracht. Ein sehr ästhetischer Anblick. Findest du nicht?"

Ich war schockiert. Der Kerl redete von ästhetischen Leichen, während mir bei ihrem Anblick speiübel wurde.

„Nein, finde ich nicht. Ich finde es grausam. Wo fahren wir hin?", wollte ich wissen.

Der Fährmann drehte sich wieder zu mir um, ich konnte sein Gesicht nicht erkennen, da er seine Kapuze bis ins Gesicht gezogen hatte. Seine Stimme klang noch immer freundlich: „Nun. Das hätte mich auch gewundert. Ihr Menschen habt nicht viel übrig für die Ästhetik der Leichen. Wir fahren ins Reich der Finsternis. Der Anblick der Selbstmörder wird dir nicht erspart bleiben, falls du dich das fragen solltest. Alle anderen haben die Möglichkeit zu entscheiden in welches jenseitige Leben ich sie bringe, nur die Selbstmörder nicht. Sie landen alle in der Galerie des Selbstmordes. Ich wünsche dir dennoch eine angenehme Fahrt."

„Soll das heißen es gibt noch mehr Welten, wie diese?"

„Junger Freund, wie mir scheint musst du noch sehr viel lernen. Aber ja, es gibt noch mehr Welten wie diese. Dir das jetzt zu erklären scheint mir jedoch ein wenig überfordernd für dich zu sein."

„Wie heißt der Fluss, auf dem wir uns befinden, nochmal?" „Dies ist der Fluss der Zeit und wenn du willst, blicke einmal hinein. Nun muss ich mich aber auf die Fahrt konzentrieren.", mit diesen Worten drehte er sich wieder um.

Ich blickte hinab und was ich dort sah erstaunte mich. Im Fluss der Zeit spiegelte sich mein Leben wieder.

Ich sah meine Geburt und wie ich bei der Beerdigung meiner Eltern stand. Meine Kindheit und Jugend, flogen an mir vorbei und ich sah mich voller Freude aber auch voller Leid. Mir fiel etwas auf, während ich mir mein Leben ansah. Und zwar, jedes Mal, wenn ich auf dem Friedhof saß oder im Garten umher spazierte saß immer ein großer Rabe mit roten Augen in einem der Bäume. Damals war es mir nie aufgefallen, weil ich immer so in Gedanken versunken war. Dann kam meine Studienzeit und ich sah, wie ich meine Freunde kennen lernte und mit ihnen so manche Nacht durchzechte. Daraufhin kam ein Bild, welches mich sehr schmerzte. Ich sah Guinevere an unserem letzten gemeinsamen Abend. Auch der Anblick meines toten Onkels blieb mir nicht erspart und danach folgte ein Bild, dass ich mir mit gemischten Gefühlen ansah. Es war das Bild meiner Beerdigung. Irgendwie erfüllte es mich mit Trauer aber auch ein wenig mit Freude. Ich hatte die Last des Lebens hinter mir gelassen und war in einen Schatten eingetreten, der ewig währte. Ein Gefühl von Freiheit machte sich in mir breit. Nun hatte ich keine weltlichen Verpflichtungen mehr, ich musste nicht mehr für meinen Lebensunterhalt arbeiten und ich konnte auch nicht mehr sterben, so wie ich das sah. Ich konnte einfach nur die Ewigkeit genießen und das war etwas, was ich mir schon immer gewünscht hatte. Ich fragte mich, wieviel Zeit seit meinem Tod vergangen war und stellte die Frage dem Fährmann. Er antwortete mir, ohne sich umzudrehen: „Hier spielt Zeit keine Rolle. Denn die Zeit steht still auf dem Fluss. Im Reich der Finsternis vergeht die Zeit ebenfalls nicht wirklich. Es gibt zwar Tag und Nacht aber sie schreitet nie wirklich voran. Auf der Erde sind seit deinem Tod bereits zehn Jahre vergangen, aber das spielt hier, wie gesagt keine Rolle. Und du wirst auch während deiner Zeit im Reich der Finsternis nicht bemerken, wie sie vergeht."

Zehn Jahre, ich konnte es nicht glauben. Mir kam es so vor als würden wir erst zehn Stunden auf dem Fluss fahren. Nach einer ganzen Weile kamen wir an einen kleinen Anlegesteg, der am Fuß eines Gebirges lag. Die Berge wirkten kahl und abweisend. Das Boot wurde langsamer und der Tod steuerte auf den Steg zu. Als wir ankamen, machte er das Boot an einem Pflock fest und stieg aus. Dann winkte er mich zu sich und ich stand vorsichtig auf. Das Gefährt wankte unter meinen Schritten aber ich kam sicher am Steg an.

Ich stand nun dem Tod gegenüber und er sagte: „Nun trennen sich unsere Wege, junger Freund. Ab hier wirst du mit dem Pferd weiterreisen müssen. Ich wünsche dir eine angenehme Reise. Bis in alle Ewigkeit."

Dann wandte er sich um und verschwand mit seinem Boot in der Dunkelheit.

Ich drehte mich um und fragte mich: "Welches verfluchte Pferd meint er?"

Weit und breit war kein Pferd zu sehen. Ich stand allein in der Dunkelheit an diesem Steg. Das einzig Gute an der Sache war, dass meine Schmerzen weg waren und ich fror auch nicht mehr.

Da immer noch kein Pferd zu sehen war, beschloss ich ein paar Schritte zu gehen. Und so machte ich mich auf in die Dunkelheit. Ich ging eine Weile bis ich an ein kleines Holzhaus gelangte. An einem Wassertrog war ein Pferd festgemacht. Vorsichtig näherte ich mich dem Haus und betrat vorsichtig die Veranda, um an die Tür zu klopfen. Diese öffnete sich und Nicolai trat mir entgegen.

„Ah, da bist du ja endlich. Ich war mir nicht sicher, ob es wirklich funktionieren würde, wie ich mir das gedacht habe. Aber glücklicherweise bist du hier."

„Ja, zum Glück.", stammelte ich und legte meine Stirn in falten.

„Ich weiß, du musst unglaublich viele Fragen haben und diese werde ich dir auch alle beantworten. Nun lass uns erstmal nach Hause reisen. Dann haben wir alle Zeit der Welt deine Fragen zu beantworten."

Er führte mich zu dem Pferd, zu welchem sich plötzlich ein zweites gesellt hatte. Wir saßen auf und ritten in die Nacht.

# Kapitel 7

Nicolai und ich kamen irgendwann nach scheinbar endlos langer Reise an einer großen Festung an. Der Anblick überwältigte mich. Gleichzeitig kam mir alles vertraut vor. Nicolai ließ mich alleine vor dem Haupttor stehen und brachte die Pferde zu den Stallungen. Das Tor öffnete sich und ich trat in den Vorhof der Festungsanlage ein. Ein reges Treiben herrschte. Es war Markt und der Vorhof drohte aus den Fugen zu geraten. Ich ging auf ein anderes Tor zu, das am anderen Ende des Hofes lag.

Man konnte keinen Schritt machen, ohne jemanden anzurempeln oder von jemandem angerempelt zu werden, so voll war es. Ich war gerade ein paar Meter in der Menge vorwärtsgekommen, da spürte ich eine Hand an dem Gewand, dass ich trug. Die Hand war nicht sehr groß und sie tastete den ganzen Gürtel ab. Wahrscheinlich war sie auf der Suche nach einem Geldbeutel oder Ähnlichem. Dann griff ich plötzlich nach der Hand und bekam sie auch gleich zu fassen, sehr zu meinem Erstaunen. Meine Bewegungen waren entweder sehr schnell oder der vermeintliche Taschendieb war einfach nur ungeschickt. Mit festem Griff umschloss ich die Hand und zog den Besitzer hervor. Es war ein kleiner, ärmlich wirkender Junge, der mich mit ängstlichem Blick ansah.

Ich musterte ihn eingehend, sein Gesicht war schmutzig, sein Haar zerzaust, die Kleidung zerrissen und der Junge war sehr schmächtig, aber er schien flink zu sein, sonst würde er sich nicht als Taschendieb versuchen. Er hatte viele Blasen und Schwielen an den Füßen, ein

Zeichen dafür, dass er oft schnell laufen musste und sich keine Schuhe leisten konnte. Dann musterte ich den Jungen weiter. Durch die Löcher in seiner Kleidung kamen einige Narben zum Vorschein, ein sicheres Zeichen für Misshandlungen. Er war sicher schon bei einigen seiner Gaunereien erwischt worden und das hatte ihm bestimmt einige Lektionen eingebracht.

Ich beschloss gnädig zu sein und zischte ihn an: „Versuch es erst gar nicht. Bei mir gibt es nichts zu holen. Und jetzt verschwinde. Erwische ich dich noch einmal bei dem Versuch mich zu bestehlen, dann landest du für den Rest der Ewigkeit in einem dunklen Folterkeller. Verstanden?" Der Junge nickte ängstlich, dann ließ ich ihn los und er verschwand in der Menge.

Unbeirrt setzte ich meinen Weg durch das Gedränge fort. Ich sah mir verschiedene Stände an, die meinen Weg säumten. Es gab einen Kleiderhändler, der orientalisch wirkende Kleidung verkaufte und einen Stand mit Kerzen und Duft Ölen, stand direkt daneben. Etwas weiter befand sich ein Händler mit einer blutverschmierten Schürze. An seinem Stand hingen Köpfe, Oberkörper und andere Gliedmaßen von allen möglichen Tieren. Es standen auch einige Schalen mit Innereien herum. An einem weiteren Stand, wurden Obst und Gemüse angepriesen. Insgesamt gab es von jedem Stand ungefähr fünf oder sechs Stück. Und an diesen Ständen war das Gedränge besonders groß.

Doch dann entdeckte ich einen Stand, der mein Interesse weckte. Dort standen riesige Fässer und Unmengen von Flaschen, die mit

Flüssigkeiten in vielen verschiedenen Farben gefüllt waren. Es war ein Bluthändler, so jedenfalls stand es auf einem Schild. Und während ich mir die Flaschen so ansah, überkam mich ein ungemeiner Durst. Aber ich hatte kein Geld mit und so musste ich mich schweren Herzens von dem Stand entfernen, damit ich nicht noch auf dumme Gedanken kam. Es kostete mich einiges an Disziplin, Überwindung und Selbstbeherrschung, da die Gier wie ein heimtückisches Tier unter meiner Haut entlang kroch. Das Verlangen wollte aufschäumen und Besitz von mir ergreifen aber ich kämpfte dagegen an und versuchte meinen Blick von dem Blut abzuwenden, es kostete mich zwar einige Mühe aber ich schaffte es. Ich hatte mich schon ein wenig von dem Stand entfernt, da überkam mich für kurze Zeit ein seltsames Gefühl innerer Leere und Schwäche. Dazu kam das Gefühl, jeden Augenblick in Ohnmacht zu fallen, dies geschah aber nicht. Stattdessen verflog das Gefühl so schnell, wie es gekommen war und ich drängte mich weiter durch die Menge, bis ich in den hinteren, abgelegeneren Teil des Hofes kam. Dieser Bereich war düsterer und auch nicht so belebt. Der Gestank von Fäulnis hing in der Luft. Ich ging einige Schritte durch diesen Abschnitt, bis ich an eine Mauer kam, die allerdings kein Tor hatte. Die Masse musste mich ein wenig vom Kurs abgebracht haben, also ging ich, in Richtung Menge, an der Mauer entlang bis ich an das Tor kommen würde. Sie war hoch und ihre Steine waren von violetter Farbe, wie der Rest der Festung. In den Zwischenräumen hatte sich hier und da ein wenig Blut angesammelt und war getrocknet. Dies sagte mir, dass hier schon einige Kämpfe oder Hinrichtungen stattgefunden haben mussten. Nach einem kleinen Fußmarsch kam ich an das Tor, welches ich zu erreichen versucht hatte. Es war groß, schwarz und von der violetten Mauer umrandet. Ich stellte mich vor den Durchgang und die Wachen traten beiseite und er öffnete sich.

Von Ehrfurcht erfüllt betrat ich den Innenhof und kaum hatte ich das Tor hinter mir gelassen, schloss es sich wieder.

Ich sah mich auf dem Hof um und entdeckte an den Wänden Kadaver. Niemand außer mir war im Innenhof anwesend. Die leblosen Körper waren mit dem Kopf nach unten und gespreizten Armen und Beinen an die Wände geschlagen. Ich kannte den Anblick bereits und mir fiel auch sofort ein, woher. In einem meiner Träume bin ich bereits an diesem Ort gewesen. Auch diesen Hof musste ich überqueren, um an das Tor am anderen Ende zu gelangen. Die leeren, toten Augenhöhlen schienen meinen Schritten zu folgen. Sie sahen unheimlich aus und irgendwie glaubte ich, sie schreien zu hören. Um diesen Schreien auf den Grund zu gehen beschloss, ich mir die Kadaver einmal aus der Nähe zu beschauen. So ging ich zu einem Leichnam und bemerkte, dass etwas mit Blut unter seinem Kopf geschrieben stand. Ich konnte es nicht entziffern, da es in einer mir fremden Sprache geschrieben stand. Vorsichtig und zugleich auch neugierig berührte ich einen Arm des Toten.

Ein stechender Schmerz durchfuhr mich und ich konnte durch seine Augen sehen. Er hatte in einer großen Schlacht gekämpft. Er ging durch die feindlichen Reihen und schlug einen Angreifer nach dem anderen nieder. Der Jäger hielt ein Breitschwert in der Hand, das eine schneeweiße Klinge hatte, die mit schwarzem Blut getränkt war, hatte. Es regnete Blut vom Himmel und Sterne fielen. Er mähte hunderte seiner Gegner regelrecht um. Und wurde er einmal von einem Schwert oder Pfeil getroffen, so setzte er seinen Kampf unbeirrt fort und mordete weiter. Doch dann sah ich, durch die Augen des Jägers, wie jemand auf ihn zu kam. Der Himmel färbte sich violett mit schwarzen Streifen und Nicolai stürzte auf ihn herab und bohrte ein langes Schwert mit einer roten Klinge in die Schulter des Jägers. Der Schmerz, den er erlitt, durchfuhr auch meine Knochen und er ließ das Schwert zu Boden sinken. Anschließend versetzte Nicolai ihm einen weiteren Stich, diesmal knapp unter das Herz und machte ihn damit kampfunfähig. Er sank zu Boden und zwei Krieger hoben ihn auf. Er wurde in ein dunkles Verlies gesperrt und immer wieder grausamen Folterungen ausgesetzt. Dann wurde er mit einem Gewand bei dem beide Ärmel auf den Rücken gebunden waren bekleidet und mit einem Käfig auf dem Kopf, in den Innenhof gebracht. Dort wurde er vor den Augen mehrerer hundert Schaulustiger und in der Gegenwart des Fürsten an die Wand geschlagen. Dort blutete er langsam und qualvoll aus. Das Bild wurde immer schwächer und verblasste nach wenigen Sekunden zu endlosem Schwarz. Der Jäger war gestorben.

Ich löste mich von dem Körper und wieder durchfuhr mich dieser Schmerz. Danach setzte ich meinen Weg über den Hof fort. Nach einer Weile kam ich an einem weiteren Durchgang, welcher sich unverzüglich öffnete, als ich mich näherte. Die Soldaten, die das Tor bewachten, traten ehrfurchtsvoll einen Schritt zur Seite und ich passierte.

Vor mir lag der Kern der Festung; die Burg der Nacht.

Majestätisch ragte sie aus dem violetten Stein über das ganze Reich. Sie sah mit ihren Erkern, Türmen und der gezackten Burgmauer so prachtvoll aus. Hunderte von Soldaten bewachten die Burg und in der Luft umflogen Gargoyles und kleinere Drachen das prunkvolle Bauwerk. Zum Eingangstor führte eine riesige Treppe, an der ein Strom aus Blut herunterfloss. Das Blut floss ganz dünn über die Treppe, sodass man die Stufen darunter gut erkennen konnte. Die Sonne ging unter und der Anblick, wie der blutrote Feuerball am Horizont versank, den Himmel in Flammen setzte und die Burg ebenfalls in ein wunderschönes Licht tauchte, faszinierte mich. Erfüllt von Ehrfurcht machte ich mich auf den Weg nach oben. Mir schien alles so vertraut. An den Knöcheln spürte ich einen sanften Druck, der durch den Fluss verursacht wurde und dennoch stieg ich mühelos die Treppen hinauf und durchschnitt das Blut wie ein warmes Messer ein Stück Butter. Ich war lange unterwegs und der Weg schien nicht enden zu wollen. Wie lange ich genau unterwegs konnte ich nicht beurteilen, da die Sonne am Himmel sich nicht weiterbewegte. Es kam mir vor, als würde ich eine Ewigkeit diese Treppe hinaufgehen. Doch irgendwann war die Treppe einmal zu Ende und ich stand vor dem großen, schwarzen Eingangstor. Die Wachsoldaten traten beiseite und das Tor öffnete sich und so betrat ich die Burg.

Der Saal, den ich betrat, war riesig und überall hingen Gemälde an den Wänden. Auf den Bildern war ein junger Mann zu sehen. Er hatte etwas Erhabenes und Unheimliches. Neben den Gemälden hingen auch noch einige ausgestopfte Köpfe. Am Ende des Saals war eine weitere Tür, die sich ebenfalls öffnete, als ich vor ihr stand.

Ich kam in einen weiteren Raum, der in schwarzem und grünem Stein gehalten war. An der linken und rechten Seite verlief jeweils eine Steintreppe. Die Wände waren schmucklos, aber in der Mitte stand ein prunkvoller Thron. Darauf saß der junge Mann, der auf den Gemälden im vorigen Saal zu sehen war. Mit einer einladenden Geste bat er mich zu sich. Ich ging bis vor den Thron und kniete dort nieder.

„Samuel, erhebe dich. Schön, dass du kommen konntest.", begrüßte er mich gelassen.

„Naja, ist ja nicht so als ob ich eine Wahl gehabt hätte. Bin ja einfach hier aufgewacht."

Er machte ein betroffenes Gesicht und mit gespielter Unschuldsmine antwortete er: „Aber, aber. Wer wird denn nachtragend sein. Außerdem ist das nicht meine Schuld, dass du nach deinem Tod keine Wahl hattest. Das dürfte an deiner besonderen Abstammung liegen."

Das klang nicht sehr vielsagend und ich wusste es nicht einzuordnen. Wenn ich im Laufe der jüngeren Vergangenheit eines gelernt hatte, dann war es solche Dinge nicht weiter zu hinterfragen. Irgendwann würde sich irgendjemand erbarmen mir zu erklären was gemeint war. Immerhin konnte ich mich mittlerweile wieder an das Gesicht des Mannes erinnern, er war mir in einem Traum begegnet. Ebenfalls fiel mir die Anrede für ihn ein.

„Mein Fürst. Gestatte mir eine Frage: Warum bin ich hier?"

Der Fürst machte ein nachdenkliches Gesicht und gab zur Antwort: „Nun, das ist eine lange Geschichte. Und es gibt da jemanden, der sie dir erzählen wird. Aber ich werde es nicht sein. Nicolai wird sie dir erzählen und du wirst auch von ihm in Kampfkunst ausgebildet, er wird dir noch einige Tricks beibringen. Bevor ich dich auf dein Zimmer bringen lasse, darfst du mir noch eine Frage stellen.“

Ich überlegte gut und dann fiel sie mir wie Schuppen vor die Augen: "Ich möchte gerne wissen, was der Sinn des Lebens ist."

Der Fürst machte ein amüsiertes Gesicht und sagte: „Ich sehe schon, du hast viel Sinn für Humor. Jeder definiert den Sinn seines Lebens anders. Die Einen sagen, der Sinn sei es andere Menschen zu kontrollieren, indem sie Macht ausüben und Andere sagen der Sinn sei es die Schönheit des Lebens zu ergründen und zu genießen. Wieder Andere behaupten der Sinn des Lebens sei zu sterben. Du siehst also, jeder hat eine andere Meinung zu diesem Thema. Ist deine Frage damit beantwortet?"

„Irgendwie schon.“, gab ich mürrisch zurück.

Es erschien mir sinnlos weitere Fragen zu stellen, die mir ohnehin nicht beantwortet würden.

Er setzte ein zufriedenes Gesicht auf und sagte: „Gut. Dann wird dich Nathaniel auf dein Zimmer bringen. Jeder von uns hat ein Zimmer in der Burg oder in der Kaserne. Wobei nur die Hochgestellten ein Zimmer in der Burg bekommen. Aber nun genug davon. Ich sehe dich bald wieder.“, nachdem die letzten Worte seinen Mund verlassen hatten, hob er die Hand.

Ich sah mich um und entdeckte einen schlanken, großen, Mann. Er wirkte wie eine Gestalt aus kindlichen Albträumen mit finsterer Miene und tiefer Stimme.

„Ich bin Nathaniel. Erlaube mir, dich zu deinem Zimmer zu geleiten."

Er wandte sich von mir ab und stieg die Treppe an der linken Seite, des Saals, hinauf. Ich folgte ihm in einigem Abstand. Wir kamen auf einen Flur mit vielen Holztüren. An einer dieser Türen blieb Nathaniel stehen und öffnete sie. Er bat mich, mit einer Handbewegung, einzutreten. „Wir sind da. Ich wünsche einen angenehmen Aufenthalt.", sagte er und verschwand im Nichts.

Ich betrat das kleine Zimmer. Außer einem Kleiderschrank, einem Sarg, einem Badezimmer und einem Fenster, enthielt dieses Zimmer nichts. Neugierig ging ich auf den Schrank zu und öffnete ihn vorsichtig. Es war ein dunkler Schrank mit massiven Holztüren, welche zusätzlich noch Eisenbeschläge hatten. Aber sie ließen sich erstaunlich leicht öffnen. In dem Schrank hingen mehrere schwarze Gewänder und zwei Rüstungen. Eine der Rüstungen war schwarz und mit vielen Stacheln und Spitzen übersät, genau wie der dazugehörige Helm. Und die Andere war mit weniger Stacheln und Spitzen besetzt und war blau. Am Boden des Schrankes standen drei Stiefelpaare, zwei waren schwarz und das Dritte war wiederum blau.

Nachdem ich meine Unterkunft weiter inspiziert hatte, begab ich mich ins Badezimmer, da ich mich waschen wollte, schon seit Wochen hatte ich nicht mehr die Möglichkeit dazu gehabt. Ich stellte mich vor den

Spiegel und bekam einen Schrecken. Die Person, die ich im Spiegel sah, konnte unmöglich ich sein. Mein Gesicht war dreckig und es war von einem Bart halb verdeckt. Ich hatte mich seit meinem Tod nicht mehr im Spiegel gesehen. Dann sah ich mich im Badezimmer um und entdeckte etwas an der Wand. Ein Metallrohr mit zwei Drehknöpfen, auf dem einen war ein blauer Punkt und auf dem anderen ein roter. Ich fragte mich, wozu das gut sein sollte. Neugierig drehte ich an dem Knopf mit dem roten Punkt. Wasser kam aus dem Rohr geschossen und lief in das Waschbecken darunter. Das Wasser war anfangs kalt gewesen, aber schon nach kurzer Zeit lief es warm aus dem Rohr. Eine praktische Erfindung, meiner Meinung nach, sie ersparte es einem, das Wasser vorher zu kochen. Ich drehte den anderen Knopf auch noch auf und das Wasser wurde angenehm lau und ich wusch mich erst einmal. Anschließend suchte ich eine Rasierklinge und rasierte mir den Bart ab. Da bemerkte ich eine Badewanne mit der gleichen Erfindung an der Wand und ich ließ mir ein Bad ein. Auf einem Ständer neben der Wanne hingen einige Handtücher. Als ich mich ins Wasser legte, durchfuhr ein wohlig warmes Gefühl meinen Körper. Es war als läge ich zu Hause im Bad, aber das würde wohl nie mehr geschehen. Bei dem Gedanken daran, dass meine Freunde glaubten ich sei tot und nie wieder mit ihnen reden könnte, wurde ich melancholisch. Dabei dachte ich daran, dass ich sie wohl nie wiedersehen würde. Dann versuchte ich Alles, woran ich gerade noch gedacht hatte, zu vergessen und schloss die Augen. Das Wasser entspannte meine Haut, die Stille war Balsam für meine Ohren und die geistige Ruhe beruhigte mein aufgewühltes Inneres. Nach geraumer Zeit öffnete ich die Augen wieder und stieg aus der Badewanne aus. Dann nahm ich mir ein Handtuch und wickelte mich darin ein. Sanft lag der weiche Stoff auf meiner Haut und ein angenehmer Geruch ging von dem Handtuch aus und schlich sich in meine Nase. Da ich mich müde fühlte, legte ich mich in den Sarg und schlief ein.

# Kapitel 8

Irgendwann klopfte es an die Zimmertür und ich erwachte.

Ich fühlte mich gut. Ausgeruht und wie neu geboren. Es war ein seltsames Gefühl in einem Sarg zu schlafen aber irgendwie hatte es sich auch gut angefühlt. Definitiv etwas, an das ich mich gewöhnen konnte.

Ich ging zur Tür und öffnete sie. Vor der Tür stand Nicolai und ich bekam einen Schrecken.

„Was machst du hier?!", fragte ich ihn.

Er sah mich verständnislos an und sagte: „Ich wohne hier im Haus. Die meiste Zeit jedenfalls. Willst du mich nicht hereinbitten? Außerdem würde ich dir empfehlen etwas anzuziehen. Um genau zu sein, zieh das schwarze Gewand an."

„Oh ja, natürlich. Komm doch herein. Ich zieh mir sofort etwas an."

Nach einem kurzen Blick in den Schrank, begann ich mich anzuziehen.

„Na los, Samuel. Mach schon.", drängelte er mich.

Ich zog mir das schwarze Gewand über und sagte: „Ich bin fertig. Was nun?"

Er nahm meine Hand und sagte mit glitzernden Augen: „Jetzt kommt ein Moment, auf den ich lange gewartet habe. Mach dich bereit, zu erfahren wer und was du wirklich bist."

Wir verließen mein Zimmer und gelangten durch unendliche, schmale Wege und Treppen in einen wunderschönen Garten. In diesem Garten standen Statuen vom Fürst und von einigen Anderen. Einen kleinen See und einige Gräber gab es auch. Natürlich standen hier und da ebenfalls ein paar Bänke. Nicolai und ich gingen durch den riesigen Garten, der mir jetzt eher wie ein Park vorkam.

Nicolai begann zu erzählen: „Was ich dir nun erzähle, ist die ganze Geschichte der Vampire, so wie ich sie kenne. Es wird einige Zeit in Anspruch nehmen. Ich fange am besten wohl am Anfang an.

Nun erstmal zu den Menschen und der Erde. Als die Menschen entstanden sind, ist parallel eine andere Entwicklung abgelaufen. Zeitgleich haben sich Wesen entwickelt, die besser bei Nacht existieren konnten und um einiges stärker waren als die Menschen. Optisch unterschieden sie sich nicht besonders, abgesehen von der bleichen Haut, dem dunklen Haar und den dunklen Augen. Diese anderen Wesen werden Vampire genannt. Wir sind diese Wesen und für Jahrtausende haben wir relativ friedlich mit den Menschen gemeinsam koexistiert. Doch die Menschen begannen sich gegen uns zu verschwören und zu organisieren. Das war der Anfang eines Konflikts der sich über Generationen erstreckte und vor einigen Jahren zu einem Krieg auswuchs. Und während des Kriegs lernte ich deinen Vater kennen. Dein Vater war einst ein Vampir, so wie ich. Und er war einer der besten Krieger, die je in der Armee gekämpft haben. Was dann geschah, kann bis heute niemand von uns wirklich fassen. Dein Vater schaffte es ein Kind zu zeugen und zwar mit einer Jägerin. Du bist das Kind eines Vampirs und das eines Jägers."

Verwirrt sah ich ihn an und fragte Nicolai: „Was bedeutet das für mich? Du betonst es so, als wäre es etwas besonders."

„Es mag sich zunächst nicht besonders anhören, aber es ist eine Tatsache, dass Vampire keine Kinder zeugen können. Daher ist für uns der einzige Weg den Fortbestand unserer Art zu sichern Menschen zu konvertieren. Dazu müssen wir erst einen Menschen beißen, dann von unserem Blut zu trinken geben und ein bisschen vom Blut des Fürsten. Üblicherweise geht das sehr schnell, doch bei dir war es irgendwie nicht so einfach. Unsere Praktiken, die wir sonst anwenden haben kaum Wirkung gezeigt, deswegen haben wir das Ganze ein bisschen verstärkt, indem Guinevere dir hochkonzentriertes Blut zu trinken gab. Danach dauerte es immer noch ein bisschen, aber Schlussendlich haben wir es doch noch geschafft den Vampir aus dir herauszukitzeln. Du bist außerdem etwas Besonderes, weil wir eine Legende haben in der steht, dass es ein Vampir schaffen wird ein Kind auf natürlichem Weg zu zeugen. Des Weiteren besagt diese Legende, dass dieses Kind der mächtigste unserer Art wird. Und wir hoffen natürlich, dass du es schaffst diesen Krieg gegen die Jäger endlich zu beenden."

„Also, ist es mehr so etwas wie eine Prophezeiung?"

„Könnte man so sagen. Wir haben viele solcher Legenden oder Prophezeiungen, wenn du so willst. Bisher ist aber noch nie irgendeine von denen eingetreten. Von daher bist du also etwas Besonderes. Der erste naturgeborene Vampir."

„Sind Vampire die einzigen Wesen dieser Art, die es gibt? Oder gibt's da noch mehr Wesen, die von den Toten zurückkommen können oder übernatürliche Fähigkeiten haben?"

„Mhm, naja. Es gibt noch Geister und Werwölfe. Aber über die weiß ich nicht besonders viel. Wir gehen uns lieber aus dem Weg.", Nicolai machte eine kurze Pause, „Ach ja, dann gibt es noch die Legende von den Dämonen."

„Was sind Dämonen?", fragte ich.

Nicolai sah in den Himmel und sagte dann zu mir: „Für heute hast du genug erfahren. Ich werde dir alles Weitere morgen erzählen. Es ist an der Zeit, dass du dich schlafen legst."

„Ich dachte die Zeit steht hier still. So scheint es zumindest.", versuchte ich zu protestieren.

„Das schon. Aber ich lebe nach der Zeitrechnung auf der Erde und da ist jetzt ein Tag vorbei. Und ich bin erschöpft. Außerdem habe ich noch so einiges zu erledigen. Ich werde dich morgen aus deinem Zimmer holen, wenn es an der Zeit ist. Und jetzt gehe."

Ich gab mich geschlagen und machte mich auf den Weg in mein Zimmer. Dort angekommen legte ich mich in meinen Sarg.

Am nächsten Tag begann das Spielchen von vorne, Nicolai kam in mein Zimmer und holte mich ab, doch diesmal gingen wir in die Bibliothek, der Burg. Wir setzten uns an einen großen, massiven Tisch, der aus dunklem Holz bestand. Überall um uns herum waren unzählige Regale mit unzähligen Büchern darin. Nicolai sah mich an und begann zu erzählen: „Samuel, du hast mich gestern gefragt, was ein Dämon sei. Heute will ich es dir erklären. Ein Dämon ist ein sehr starkes Wesen. Es kann alles Leben auf einen Schlag vernichten, doch es kann das Leben nicht wieder erschaffen. Der Legende nach ist er ein wiedergeborener Vampir der in seinem Leben etwas ganz Besonderes getan hat. Bisher ist aber noch nicht bewiesen, dass es sie wirklich gibt. Niemals hat jemand einen gesehen."

Mein Vater kam mir in den Sinn und ich überlegte, ob ich Nicolai von dem Gespräch vor meinem Tod erzählen sollte, aber entschied mich dagegen.

„Und was passiert mit einem Vampir, der nichts Besonderes geleistet hat, nach seinem Tod?", fragte ich neugierig.

Nicolai überlegte einen Moment und sagte dann: „Ich bin mir nicht sicher aber ich denke, dass sie einfach unter der Erde verrotten."

„Aha. Woher weißt du das alles?", wollte ich von ihm wissen.

„Nun, zunächst einmal bin ich der oberste Vampir direkt nach unserem Vater. Er ist das älteste noch lebende Exemplar. Und in diesen Büchern ist die gesamte Geschichte der Vampire aufgezeichnet. So manche Dinge hat mir auch der Fürst gesagt. Was willst du denn noch wissen?"

Darüber musste ich einen Moment lang nachdenken.

„Kann man einen Vampir töten? Wenn ja, wie?", fragte ich ihn gerade heraus.

Nicolai war diese Frage offensichtlich unangenehm, er schien nicht gern über den Tod zu reden.

Dennoch beantwortete er sie: „Man kann einen Vampir töten. Indem man ihm sein Herz durchbohrt. Mit einem Holzpflock und zwar nur mit einem Pflock. Nur hier kann man ihn nicht auf normale Art und Weise töten. Im

Reich der Finsternis funktioniert es ein klein wenig anders. Das hier ist der Ort an den wir uns zurückziehen, wenn wir schwer verletzt wurden in der Welt der Menschen. Einen Vampir hier zu töten würde einer ungeheuren Kraft bedürfen, da der Fürst dieses Reich eigens für uns geschaffen hat und es einfach nicht vorgesehen war, dass uns hier Leid zugefügt würde. Also, wenn du hier einen Vampir töten sollen wolltest, dann müsstest du mindestens die gleiche Kraft aufwenden, die der Fürst gebraucht hat, um dieses Reich zu erschaffen. Soweit ich weiß, ist kein anderes Wesen dazu in der Lage. Außer vielleicht einem Dämon, aber das ist nur reine Theorie. Jedes Mal, wenn man eine Sternschnuppe auf der Erde sieht ist dies das Ende eines Vampirlebens. Der Mond beginnt dann sich rot zu färben, aber nur an einer Stelle und diese Stelle sieht aus wie eine Träne. Wo wir gerade von Tränen sprechen, lass mich dir noch etwas zu Vampiren sagen. Ein Vampir ist nicht in der Lage etwas zu fühlen. Mit einer Ausnahme; einmal in seinem Leben kann jeder Vampir etwas fühlen, diesen Moment kann jeder für sich selbst bestimmen. Wenn man dann zum Beispiel Trauer fühlt vergießt man eine blutrote Träne."

„Warum ist man in der Lage nur einmal zu fühlen und nur eine Träne zu vergießen?", gab ich verwirrt von mir.

„Das ist der Lauf der Dinge. Es liegt in unserer Natur. Eine Erklärung dafür kann dir nicht einmal der Fürst geben."

Mit diesen Worten verabschiedete er sich und ich begab mich in meinen Sarg, um das Gehörte zu verarbeiten und um zu schlafen.

Das Prozedere wiederholte sich auch am nächsten Morgen, es klopfte an meiner Tür und als ich öffnete stand Nicolai vor mir, um mich ein weiteres Mal zu unterweisen. An diesem Morgen ging er mit mir in einen großen Saal, der wie ein Speisesaal wirkte, und setzte sich mit mir an den langen Tisch, allerdings setzten wir uns so, dass wir uns noch gut unterhalten konnten.

„Nun Samuel. Was kann ich dir heute noch erzählen?", eröffnete Nicolai das Gespräch.

Ich überlegte eine Weile und dann schoss es mir in den Kopf: „Gestern haben wir uns darüber unterhalten, wie Vampire sterben können. Und jetzt beschäftigt mich die Frage: Wie ernähren sich Vampire?"

„Wie du dir nach meinen vorherigen Ausführungen zum Thema Fortbestand der Art sicherlich denken kannst, hat es etwas mit Blut zu tun. Wir trinken das Blut von Menschen, um uns zu ernähren. Als Alternative geht auch das Blut von Tieren, aber menschliches Blut ist nahrhafter für uns."

„Du hast gesagt, dass Vampire nachtaktiv sind. Passiert irgendwas Schlimmes, wenn wir bei Tageslicht unterwegs sind?"

„Nein, es passiert nichts Schlimmes. Wir sind nur schwächer bei Tageslicht. Und unsere Augen sind sehr Lichtempfindlich. In den meisten Fällen brennt das Licht in unseren Augen. Du solltest dich allerdings von Feuer fernhalten. Die Energie und die hohe Konzentration an Licht verursachen irreparable Schäden an deinem Körper, die ein normales Weiterleben unter Menschen unmöglich machen und dich damit auf ewig hierher verbannen. Die meisten von uns bevorzugen es jedoch am Tage als Raben über die Erde zu wandeln, wenn wir es denn müssen. So fallen wir nicht weiter auf und es macht das Licht erträglicher für uns, warum auch immer."

„Nicolai, sag mal. Wenn ein Vampir stirbt, dann sieht man auf der Erde und hier einen Stern vom Himmel fallen und der Mond verfärbt sich an einer Stelle rot, richtig?", Nicolai nickte kurz und ich fuhr fort, „Was geschieht wenn ein Jäger stirbt?"

„Nichts. Da die Jäger menschlich sind, passiert nichts weiter. Möchtest du noch irgendetwas wissen?"

„Eine Frage habe ich noch. Was geschieht, wenn ein Vampir lange Zeit kein Blut trinkt?"

„Generell hält es ein Vampir 120 bis 150 Jahre ohne Blut aus, aber wenn ein Vampir so lange kein Blut trinkt, kann es passieren, dass er einem Wahn verfällt. Jedoch kann der Wahn auch andere Ursachen haben. Er ist mehr oder weniger eine Laune der Natur, daher kann man nichts Genaueres darüber sagen. Hast du jetzt noch Fragen? Nein? Gut. Dann kommen wir nun zum zweiten Teil deiner so genannten Ausbildung. Wir werden uns in den Übungsraum begeben, im Keller dieser Burg."

## Kapitel 9

Ohne zu bemerken, dass wir uns bewegt hatten, befanden wir uns direkt nach dem er die Worte ausgesprochen hatte im Trainingsraum. Die Wände waren hoch und kahl.

Nicolai hob seinen linken Arm und machte eine Bewegung so als wolle er einen Vorhang zur Seite ziehen. Plötzlich waren die Wände nicht mehr so kahl und leer. Es hingen Waffen und Gemälde von anscheinend großen Kriegern an ihnen und auch einige Fackeln.

Mein Unterweiser ging zur Wand direkt hinter ihm und nahm zwei Schwerter ab. Eines hatte eine schwarze Klinge in Flammenform und das andere Schwert war rot und die Klinge hatte die Form eines Blitzes. Das Schwert, das wie ein Blitz aussah behielt Nicolai in der Hand und das Andere warf er mir zu.

„Na dann zeig mal, was du kannst.", forderte Nicolai mich zum Kampf auf.

Ein wenig ängstlich war ich schon, denn ich wurde nie wirklich im Schwertkampf ausgebildet. Zwar hatte mein Onkel hin und wieder mal mit mir das Fechten trainiert aber das war alles schon sehr lange her.

Nicolai machte einen schnellen Schritt auf mich zu und hob mit seinem Schwert auf mich ein. Geschickt wich ich seinem Schlag aus und wehrte ihn ab.

Ich wusste nicht, wie mir geschah, den ganzen Bewegungsablauf führte mein Körper vollkommen selbstständig aus. Ohne dass ich irgendwas damit zu tun hatte. Es schien alles instinktiv zu geschehen. Während ich noch weiteren Hieben von Nicolai auswich, erwachte in mir Kampfeslust, die ich kaum im Zaum halten konnte. Etwas in mir begann sich zu regen und ein unbändiges Verlangen nach seinem Blut erwachte. Meine Augen färbten sich rötlich und Geifer lief mir aus dem Mund. Die Hände bekamen Krallen, an den Stellen, wo eigentlich die Finger waren. Und mein Blick verschwamm, nur Nicolai war mir noch klar vor Augen und sein Blutkreislauf.

Er griff mich an und ich parierte immer besser und jetzt blieb es nicht nur beim Parieren. Nicolai hatte mich soweit vorangepeitscht in meiner Raserei, dass ich ihn auch angriff. Meine Angriffe waren nicht gerade ohne, da ich um einiges stärker war als mein Gegner. Er hatte immer mehr Mühe meine Schläge abzuwehren. Wir tanzten durch den Raum, wie ein verliebtes Pärchen nur mit dem Unterschied, dass wir keine Zärtlichkeiten austauschten, sondern Schwerthiebe und einige blutigen Wunden. Seine Stirn war verschwitzt und ich spürte, wie er langsam schwächer wurde und seine Bewegungen immer langsamer. Das verschaffte mir nicht nur einen weiteren Vorteil, da ich noch keinerlei Müdigkeit verspürte, vielmehr steigerten seine Schwächeanzeichen meine Gier und Raserei. Der Wille ihn zu töten nahm überhand und ich drängte Nicolai an die Wand. Als er mit dem Rücken zur Wand stand, schlug ich ihm das Schwert aus der Hand und legte auch mein Schwert beiseite, um mit der bloßen Hand weiter zu kämpfen. Er hatte nicht den Hauch einer Chance und lag bereits nach dem ersten Schlag von mir, beinahe reglos am Boden. Nicolai hatte alles von seiner Erhabenheit und von seinem Glanz verloren und wirkte bemitleidenswert. Blut lief aus seinem Mund und in seinen Augen lag nur noch der Wunsch, endlich den finalen Stoß zu erhalten und in Frieden ruhen zu können. Doch diesen Gefallen wollte ich ihm nicht tun. Ich packte ihn unter den Armen und richtete ihn wieder auf. Mit großer Mühe konnte er sich auf beiden Beinen halten. Seinen Kopf hatte er vor Schwäche nach unten sinken lassen und machte auch keine Anstalten ihn aufzurichten. Dann nahm ich ihn am Kragen und hielt ihn hoch, bis seine Füße nicht mehr den Boden berührten. Sein Blut roch verführerisch und ich war kurz davor ihm in den Hals zu beißen, als mich plötzlich ein Hauch von Vernunft überfiel. Das Verlangen sank und ich entschloss mich dazu, ihn nicht zu töten. Also schleuderte ich ihn gegen die Wand am anderen Ende des Raumes. Sein Körper flog lautlos durch die Luft und prallte gegen die andere Wand. Als Nicolai reglos zu Boden sank, sah man einen Abdruck in der Steinwand und einige kleine Steinchen rieselten zu Boden. Langsam aber sicher kam ich wieder zu mir und wurde Herr meiner Sinne. Ich war erstaunt über das Vollbrachte. Ich hätte es nie für möglich gehalten Nicolai einmal so zu sehen. Er war vollkommen zerschunden und hatte überall offene Wunden und Schwellungen. Ich ging zu ihm hin und trug ihn in sein Zimmer. Mein Instinkt führte mich dorthin und als wir ankamen legte ich ihn in seinen Sarg, damit er sich regenerieren konnte. Dann verließ ich sein Zimmer und wanderte ein wenig in der Burg umher.

Irgendwann kam ich im großen Thronsaal raus und der Fürst sah mich überrascht an. Er stand an einem Fenster und sah in den Garten hinaus.

„Samuel. Ich bin überrascht dich zu sehen. Wollte Nicolai dir nicht einige Sachen beibringen, wie zum Beispiel das Kämpfen?", begrüßte er mich.

Ein wenig verlegen trat ich auf der Stelle und antwortete: „Doch mein Fürst. Das wollte er, aber es stellte sich heraus, dass ich besser war als erwartet. Nicolai liegt in seinem Sarg und ruht sich aus. Er sieht sehr übel zugerichtet aus."

„Gut. Das beweist, dass du Kraft besitzt. Und zwar mehr als jeder andere Vampir. Aber hat er dir auch strategisches Kämpfen beigebracht?", fragte der Fürst neugierig.

„Nein. Dazu kam es nicht mehr. Ich vermute aber, dass er dieses Versäumnis nachholen wird. Ich habe da eine Frage, wenn Ihr gestattet." Der Fürst sah mich nicht an, konnte aber anscheinend spüren, dass es um etwas Ernsteres ging.

„Warum musste mein Onkel sterben? Ich glaube nicht, dass Leif ihn nur aus Zufall getötet hat.", überfiel ich meinen Herren.

Ohne zu zögern, gab er Antwort: „Wie scharfsinnig du doch bist. Es stimmt, ich gab Leif den Befehl deinen Onkel zu töten. Aber das hatte seinen Grund. Er wusste über deine Existenz Bescheid. Und ich konnte nicht das Risiko eingehen, dass dein Onkel dich hätte bekehren können. Denn dein Schicksal war erst besiegelt, als du den letzten Schluck von dem Wein zu dir nahmst."

„Mein Vater wusste auch über mich Bescheid und hätte mich ebenso bekehren können, gerade weil er ein Vampir war. Wieso habt Ihr ihn nicht auch töten lassen?"

„Ich kenne deinen Vater. Er war einer meiner treuesten Vampire, bis er sich mit einem Jäger einließ. Er hätte dich niemals zu einem von ihnen bekehrt. Außerdem habe ich ihn schon vor vielen Jahren getötet und einen Dämon zu töten ist aufwendiger als einen Menschen aus dem Weg zu schaffen. Denn, ein normaler Vampir kann keinen Dämon töten."

„Weshalb bin ich hier? Ist es mein Schicksal ein Vampir zu sein?", langsam verfiel ich in eine gewisse Lethargie.

Der Fürst bemerkte dies und gab sich sofort mitfühlend: „Was bedeutet schon Schicksal? Ist es mein Schicksal auf ewig einsam zu bleiben? Aber um auf deine Frage zurückzukommen, ich habe dem Schicksal ein wenig auf die Sprünge geholfen. Deine Träume und sonderbaren Begegnungen habe ich allesamt veranlasst. Und als du träumtest bei mir zu sein, warst du wirklich hier. Allerdings habe ich einige Dinge anders erscheinen lassen."

„Und was hat es mit diesem Krieg genau auf sich?", wollte ich wissen.

„Nun, das ist eigentlich eine ganz simple Geschichte. Die Menschen wollten sich nicht weiterhin von uns einfach als Nahrung benutzen lassen und haben sich so seit Generationen in Form der Jäger organisiert. Sie sind eine Art geheime Armee der Menschen. Da die meisten sich schwer tun Dinge, die sie nicht begreifen, zu akzeptieren, halten sie die Existenz der Jäger und der Vampire geheim. Und wie du sicher weißt, bist du die

Trumpfkarte in diesem Krieg und mit dir an unserer Seite werden wir gewinnen. Ich gehe davon aus, dass schon bald die Entscheidung fallen wird. Was du heute im Kampf gegen Nicolai gezeigt hast, macht dich zu etwas ganz Besonderem. Kein anderer Vampir kann seine Kraft derart konzentrieren und sich in eine reißende Bestie verwandeln. Du gehst jetzt besser in deinen Sarg, es ist Zeit für dich neue Kräfte zu sammeln."

So machte ich mich auf den Weg in mein Zimmer und legte mich erneut in meinem Sarg zur Ruhe, um am nächsten Erdenmorgen, frisch und ausgeruht wieder zu erwachen.

Ich ging nach meinem Erwachen unmittelbar ins Bad und betrachtete mich im Spiegel. Nachdem ich mich mit eiskaltem Wasser erfrischt hatte, begab ich mich zu dem Schrank in meinem Zimmer und wollte wie üblich die schwarze Robe herausnehmen und anziehen. Doch in diesem Augenblick betrat Nicolai mein Zimmer. Er war wieder vollkommen regeneriert und sagte: „Heute ziehst du deine Rüstung an. Und zwar die Schwarze. Ich will sehen, ob du auch mit zusätzlichem Gewicht kämpfen kannst, falls es darauf ankommt."

Ich tat wie mir geheißen und zog mühselig die schwarze, mit Stacheln besetzte, Rüstung an. Anschließend begaben wir uns wieder in den Übungsraum. Erneut überreichte mir Nicolai ein Schwert, es war das Gleiche wie am Vortag. Und auch diesmal griff er mich direkt an. Wieder parierte ich und ging diesmal sofort zum Gegenangriff über. Schon nachdem wir einige wenige Schläge ausgetauscht hatten unterbrach Nicolai die Übung, mit den Worten: „Eigentlich wollte ich dir ja heute

99

strategisches Kämpfen beibringen. Aber ich bin mir sicher, es wäre besser, wenn du in der Entscheidungsschlacht, so zu Werke gehst wie gestern. Also erspare ich mir das."

So kämpften wir noch bis in die späten Abendstunden weiter, diesmal hatte ich mich allerdings besser im Griff als am Vortag und richtete Nicolai nicht schlimmer zu, als er mich.

Die Tage vergingen und ich lernte immer mehr mich während dem Kampf zu beherrschen und das Tier an den richtigen Stellen raus zu lassen.

Darüber hinaus lehrte mich Nicolai auch, wie ein Vampir seinen Blutdurst kontrolliert und dass man durchaus auch herkömmliche Nahrung zu sich nehmen konnte. Aber dies hatte keinen wirklichen Effekt aus uns. Es diente mehr der Anpassung an die Menschen zu Tarnungszwecken. Er stellte mir auch seinen treuesten Freund vor. Xerxes war sein Name und er war der ominöse Gargoyle, den ich bereits auf dem Friedhof in meiner Wahlheimat während des Studiums gesehen hatte.

**Kapitel 10**

Ich stand in meinem Zimmer und legte die Rüstung ab, um mir die, sehr viel bequemere, schwarze Robe anzuziehen.

Nicolai kam herein und sagte: „Samuel, ich denke wir haben mittlerweile genug trainiert. Es wird Zeit, dass du ein paar praktische Erfahrungen sammelst, was das Vampirleben unter den Menschen angeht. Daher werde ich mit dir in die Welt der Menschen zurückkehren und gemeinsam werden wir das Leben voll und ganz auskosten."

Wir gingen auf den Burghof, Xerxes wartete bereits auf uns.

Dann verwandelten wir uns in Raben und erhoben uns in die Luft. Xerxes wich nicht von unserer Seite, als wir uns auf dem Fluss der Zeit, immer weiter vom Reich der Finsternis entfernten. Unter uns lag der lange, breite schwarze Fluss und ich konnte sogar die Fähre entdecken. Von hier oben wirkte alles so klein. Dann kamen wir an das Tor zur Welt der Lebenden. Ich war überwältigt von dem Anblick. Das Tor war ein riesiger schwarzer Bogen, der ein seltsames Leuchten von sich gab und eine magische Anziehungskraft besaß.

Nicolai hielt direkt darauf zu. Ich folgte ihm. Ein leichtes Angstgefühl befiel mich und ich traute mich nicht so recht ins Ungewisse. Doch als Nicolai und Xerxes den Bogen passierten, nahm ich all meinen Mut zusammen und folgte ihnen. Alles vor meinen Augen verschwamm und mir wurde ein wenig schwindelig. Dieses Schwindelgefühl verstärkte sich je länger ich in dem Bogen blieb. Auf meinen Ohren lastete unglaublich hoher Druck und ich glaubte, jeden Moment das Bewusstsein zu verlieren. Und dann ganz plötzlich hatte die Tortur ein Ende und ich hatte wieder festen Boden unter den Füßen.

Als ich mich umsah, entdeckte ich Nicolai, der in einem Baum hing. Wir waren mitten in einem Wald gelandet.

„So eine verdammte Scheiße!", fluchte er, „Sam! Hilf mir doch mal und schüttel den Baum, so fest du kannst."

Ich näherte mich dem Baum und schüttelte, doch Nicolai bewegte sich keinen Millimeter.

„Vielleicht ist er ja noch nicht reif.", flüsterte ich Xerxes zu, der sich mittlerweile neben mir eingefunden hatte. Und es sah für einen Augenblick so aus, als würde er lächeln.

„Sehr witzig, Sam. Wenn du irgendwann mal in einem Baum festhängst, dann werde ich auch Witze machen, anstatt dir zu helfen.", gab Nicolai gereizt von sich. Jetzt hatte ich genug, ich beschloss, zu ihm rauf zu fliegen und ihn darunter zu holen. Ich sah nach oben und konzentrierte mich auf den Ast, an dem Nicolai hing. Doch anstatt mich in einen Raben zu verwandeln passierte nichts. Ein wenig verwundert blickte ich zu Xerxes, der jedoch auch nur einen ratlosen Blick übrighatte. Also kletterte ich mühsam auf den Baum und befreite ihn aus dem Geäst.

Dabei brach ich den Ast, an dem er hing, mit einem Mal durch. Nicolai rauschte in die Tiefe und schlug unsanft auf dem harten, feuchten und mit Laub bedeckten Waldboden auf.

Ich begab mich wieder nach unten, um zu sehen, ob ihm auch nichts passiert war. Immerhin war Nicolai gute fünf oder sechs Meter gefallen. Aber er war wohlauf, einem Vampir schienen solche Höhen nichts aus zu machen. Ärgerlich klopfte er sich den Staub von seinen Sachen und herrschte Xerxes an: „Und du! Du hör auf, so dämlich zu grinsen! Und jetzt komm, Samuel. Ich will dir etwas zeigen."

„Warte mal. Weshalb konnte ich mich jetzt nicht in einen Raben verwandeln?"

„Das ist das Problem bei den Reisen zwischen den Welten. Wir können nur fliegen, wenn wir Raben sind aber, wenn wir die Schwelle der Welten durchbrechen findet eine Art Rückverwandlung in unsere ursprüngliche Gestalt statt. Und es dauert immer ein bisschen, bis wir uns wieder verwandeln können."

Mit gemischten Gefühlen folgte ich ihm. Wir gingen durch einen tiefen und dunklen Wald. Die Luft war angenehm kühl und ein wenig feucht. Ich konnte den Regen noch riechen. Und der Duft der Kiefern und anderen Bäume stieg mir in die Nase, es war ein sehr angenehmes Gefühl. Der Himmel war wolkenlos und der Mond schien hell, auch wenn er nicht ganz voll war. Es war beinahe vollkommen still, das Einzige was man hin und wieder hörte war ein Käuzchen, das in der Nähe seinen Ruf verlauten ließ. Der Boden wurde immer weicher und so langsam verschwanden die harten Wurzeln, der Bäume, die man deutlich unter den Füßen spüren konnte. Als ich einen Blick nach oben riskierte, bemerkte ich auch, dass die Baumkronen immer weniger wurden. Der

Wald wurde lichter und ein großes Anwesen thronte mitten auf der Lichtung. Dieses Anwesen bestand aus einem Herrenhaus, einem kleineren Haus, in dem wahrscheinlich die Bediensteten wohnten und einem großen Garten.

Das Herrenhaus war besonders schön. Es hatte etwas von einem Schloss, mit kleinen Türmchen und Erkern. Auf dem Sims standen an jeder Ecke Wasserspeier. Der Garten wurde von einem hohen Zaun vom Wald getrennt und es war anzunehmen, dass über Nacht Wachhunde auf dem Grundstück herumstreunten. Wir näherten uns dem Zaun und blieben dennoch im Schatten der noch verbliebenen Bäume.

„Dies ist das Anwesen der Familie Casketville. Eine wohlhabende Familie aus dem Osten Englands. Sie haben eine bezaubernde Tochter und einen idiotischen Sohn. Der Sohn wohnt allerdings in einem Nachbarort von London, mit seiner Frau und seinem Sohn.", erklärte mir Nicolai.

„Und wo sind wir?", wollte ich neugierig wissen.

„Habe ich das nicht erwähnt? Wir sind im Osten von England, in der Nähe eines kleinen Ortes, der Kingston upon Hull heißt."

„Und was machen wir hier?"

„Nun ja. Ich bin mit dir hergekommen, um dir zu zeigen, wie man unauffällig einen Menschen tötet. Beziehungsweise, wie man einen Menschen subtil tötet, ohne ihn gleich auf das Übelste zu zurichten. So wie man es als Vampir in dieser Welt tut."

„Aber warum? Ich denke wir können tun und lassen was wir wollen."

„Schon. Aber wir müssen uns ja nicht immer gleich wie der Elefant im Porzellanladen benehmen. Denn dann würden sie sich dagegen wehren und wir müssten sie vernichten. Damit würden wir uns unser eigenes Grab schaufeln, da die Menschen unser Hauptnahrungsmittel sind. Es reicht ja schon, dass sie auf die Idee gekommen sind sich in Form der Jäger im Geheimen zu organisieren und gegen uns aufzulehnen. Der Rest der Menschheit muss sich dem ja nicht noch anschließen."

Ich nickte zustimmend und er begann mir seinen Plan mitzuteilen: „Also, wir fliegen zum Zimmerfenster der Tochter herüber und locken sie zum Fenster. Wenn sie es öffnet, werden wir ins Zimmer eindringen und ich werde dir zeigen, wie man subtil vorgeht beim Töten eines Menschen."

Nachdem er seinen Satz beendet hatte, verwandelte er sich erfolgreich und flog los, ich folgte ihm.

Xerxes blieb im Schatten der Bäume stehen und wartete dort auf uns.

Nicolai und ich näherten uns immer mehr dem Herrenhaus, das ungefähr hundert Meter von den Bäumen entfernt war. Er steuerte die Nordseite an, die im Schatten des Mondes lag und vor einem Fenster im zweiten Stock blieb er in der Luft stehen. Ich war in einem gewissen Abstand gefolgt und nun wartete er, bis ich zu ihm aufgeschlossen hatte. Als auch ich an dem Fenster war, deutete er an, dass ich mich an die linke Seite, auf dem Sims stellen sollte.

Er selbst stand auf der rechten Seite und klopfte mit dem Schnabel gegen die Scheibe. Dann drückte er sich so an die Wand, dass man ihn vom Zimmer aus nicht mehr sehen konnte, ich tat es ihm gleich. Das Klopfen war gerade laut genug, um die Person, die sich direkt im Zimmer befand zu wecken, doch zu leise um von den Anderen im Haus bemerkt zu werden. In dem Zimmer regte sich nichts und Nicolai klopfte ein zweites Mal, in der gleichen Lautstärke. Diesmal war er erfolgreicher, ein Mädchen stand am Fenster und versuchte nach draußen zu schauen, ohne jedoch dieses zu öffnen. Erneut klopfte Nicolai und diesmal öffnete sie das Fenster. Diese Gelegenheit nutzte Nicolai und flatterte herein. Das Mädchen war so überrascht, dass sie im Angesicht des schwarzen Engels, der ihr entgegenflog, immer weiter zurückwich. Ich folgte Nicolai in ihr Zimmer und schloss das Fenster hinter mir, nachdem ich wieder meine ursprüngliche Gestalt angenommen hatte, ebenso wie mein Gefährte. Das Mädchen wollte gerade schreien, da erhob Nicolai seinen linken Zeigefinger und legte ihn sanft auf ihre Lippen. Sie brachte keinen Laut hervor, als er den Finger von ihrem Mund nahm. Anfangs war ich überrascht, doch bei genauerem hin sehen fiel mir auf, dass ihre Lippen miteinander verschmolzen waren. Zwar nur hauchdünn und ein Kuss von einem Vampir hätte gereicht, um sie wieder zu trennen. Aus eigener Kraft konnte sie die Blockade nicht lösen. Dann sagte Nicolai mit sanfter Stimme zu dem Mädchen: „Habe keine Angst. Wir sind zwei Engel, die im Auftrag des Herrn unterwegs sind. Und heute Nacht sind wir zu dir gekommen, um dir ein ganz besonderes Geschenk zu überreichen."

Plötzlich stand Nicolai hinter dem Mädchen und umarmte es sanft aber auch gleichzeitig so fest, dass sie sich nicht aus seinem Griff befreien konnte. Dann begann er langsam, ihren Hals und ihre Wangen zu liebkosen. Das Gesicht des Mädchens errötete langsam und ich musterte sie, während Nicolai sie weiter liebkoste. Sie war vielleicht fünfzehn oder siebzehn Jahre alt, hatte langes, blondes Haar, welches sie über Nacht zu einem Pferdeschwanz zusammengebunden hatte. Ihr Körper wies sehr weibliche Rundungen auf, und ihre Taille lud ein sie zu verführen und sie leidenschaftlich ihrer Jungfräulichkeit zu berauben. Der Busen des Mädchens zeichnete sich durch das Nachthemd deutlich vom Rest des Körpers ab. Und ihre kleinen Knospen richteten sich vor Erregung auf. Der Brustkorb hob und senkte sich immer schneller und ihr Atem wurde bei jeder Liebkosung schwerer. Nicolai gab mir ein Zeichen, dass ich mich an dem Spiel beteiligen sollte. Vorsichtig näherte ich mich dem Mädchen, in der Hoffnung sie würde mich nicht zurückweisen. Doch sie bemerkte mich gar nicht, so sehr war sie in Gedanken versunken. Als ich vor ihr stand, gab ich ihr vorsichtig und zärtlich einen Kuss auf den Mund und ihre Lippen ließen sich wieder öffnen. Nicolai ließ von ihr ab und überließ mir allein das Feld. Sie legte ihre Arme um mich und ich wanderte mit einem Arm auf ihren Rücken und mit dem anderen unter ihr Nachthemd zwischen ihre Beine. Sie stöhnte leicht auf und drückte mich fester an sich. Dann begann ich mit meinem Arm unter ihrem Nachthemd etwas höher zu wandern und streichelte sanft ihre Brüste. Mit meinem Mund liebkoste ich ihre Wangen und den Hals. In meinem Körper tobte bereits wieder der Kampf zwischen dem Biest und mir, ich versuchte es zu unterdrücken doch war ich nicht stark genug, weil ich durch die betörende Schönheit und die sexuelle Energie neben mir abgelenkt und schwach war. Kurz bevor ich die Kontrolle verlor hörte ich eine Stimme in meinem Kopf.

„Samuel. Beherrsche dich. Du musst dich konzentrieren. Ich weiß, dass es schwer ist, aber man kann es schaffen. Wenn du dich stark genug konzentrierst, dann funktioniert das schon. Stell es dir wie einen richtigen Kampf vor. Stelle dir vor, dass du gegen einen Jäger kämpfst. Und wenn du merkst, dass du das Biest unterdrückt hast, dann versenke deine Zähne in ihren Hals und trinke. Trinke sie leer, bis kein Tropfen mehr in ihr ist und sie in deinen Armen leblos zusammensinkt. Aber achte darauf, dass die Bestie nicht wiedererwacht. Wir können ein Gemetzel nicht riskieren.", erklärte mir Nicolai flüsternd.

Ich stellte mir vor ich würde gegen einen starken Jäger kämpfen. Der innere Zweikampf lenkte mich von allem anderen ein wenig ab, aber die Schönheit merkte zum Glück nichts davon. Nach einer Weile hatte ich das Biest in mir besiegt und ich verweilte an ihrem Hals. Anschließend öffnete ich meinen Mund und brachte ihr einen kleinen Schnitt mit einem meiner Schneidezähne bei. Langsam rannen die ersten Tropfen in meinen Mund. Das Blut schmeckte süß und war wunderbar warm. Von meinem Durst getrieben vergrößerte ich die kleine Wunde und versenkte meine Zähne in ihren Hals. Sie stöhnte leicht auf und wollte sich von mir befreien, doch ich verstärkte meinen Griff. Und streichelte sie wieder zwischen ihren Beinen, um sie abzulenken. Dies gelang mir auch, denn kaum berührte ich sie wieder dort, schmolz sie in meinen Armen dahin. Ich merkte wie die Bestie wieder aufbegehren wollte, aber ich hatte, dank dem Blut die Kraft sie sofort zu besiegen und am Boden zu halten. Der warme, süße Nektar neigte sich langsam dem Ende und ich merkte, wie sie leblos in meinen Armen zusammensank. Ihre Haut wurde bleich und verlor ihre jugendliche Straffheit. Sie war in diesen wenigen Sekunden um einiges gealtert. Ihr Gesicht sah unschuldig, ruhig und eiskalt aus. Damit die ganze Sache nicht auffiel, legte ich sie in ihr Bett zurück und in diesem Augenblick öffnete sich die Tür. Ein junger Mann kam herein. Nicolai stand am Fenster während ich mich über das Bett mit dem Leichnam gebeugt hatte und sie gerade zudecken wollte.

„Wer sind Sie? Was machen Sie da mit meiner Schwester? Hilfe! Vater! Gordon! Kommt zu Hilfe!", schrie der Mann aufgebracht.

Nicolai war schon beinahe zum Fenster raus und gab mir mit einer Kopfbewegung zu verstehen, dass es Zeit war zu verschwinden. Doch ich konnte nicht umhin dem Mann eine zu verpassen. Ich sprang mit einem großen Satz auf ihn zu und trat ihm in den Bauch. Er taumelte zurück und fiel die Treppe ein kleines Stück hinunter. Anschließend hechtete ich sofort durch das Zimmer und folgte Nicolai in die dunkle Nacht. Wir sprangen aus dem Fenster und flogen wieder in den Wald, zu der Stelle, wo Xerxes auf uns wartete. Mit einem unzufriedenen Grunzen erhob sich Xerxes in die Luft und folgte uns. Ich war Nicolai bislang in einigem Abstand gefolgt, doch jetzt schloss ich zu ihm auf.

Telepathisch kommunizierte ich mit Nicolai.

„Sag mal. Hast du nicht gesagt, dass der Bruder mit seiner Familie woanders lebt? Wenn das nämlich stimmt, was zum Teufel hatte er dann hier verloren?"

„Ich weiß auch nicht, weshalb der plötzlich aufgetaucht ist. Wahrscheinlich hat die Familie irgendwas gefeiert, einen Geburtstag oder so etwas. Aber keine Angst, der kann uns nicht gefährlich werden. Wahrscheinlich hat er uns bald eh wieder vergessen. Komm, wir suchen uns einen Unterschlupf für den Tag."

Ich besah mir den Himmel, er war wunderschön. Die Wolken standen wie Schafe, auf einer Weide, im Tiefen Blau des Himmels. Am Horizont zog ein Ring auf und setzte den Himmel in Flammen. Orangerot begann die Sonne, aufzugehen. Müdigkeit überfiel mich und meine Augen fielen immer wieder für Sekunden zu. Nicolai glitt langsam in Richtung Boden und nahm wieder die Vampirgestalt an. Ich tat es ihm gleich, sobald ich wieder festen Boden unter den Füßen hatte.

„Wo sind wir?", fragte ich Nicolai und sah mich dabei um.

„Schau dich um. Was glaubst du, wo wir sind? Auf einem Friedhof natürlich.", gab Nicolai plump von sich. Dann ging er auf ein Mausoleum zu und öffnete die Tür zu der pompösen Gruft, ich blieb dicht hinter ihm. Die Wände waren aus Stein, aber keinesfalls kalt. Überall hingen Bilder von verschiedenen Vampiren, darunter auch welche von Aki, Guinevere und Leif, die anderen kannte ich nicht, aber ich war mir sicher, dass Nicolai mich noch mit ihnen bekannt machen würde. Neben den Porträts waren noch Fackeln an den Wänden und leuchteten uns den Weg. Nicolai und ich gingen einen langen Gang entlang, bis wir an eine Stahltür kamen. Kaum standen wir davor, wurde sie auch schon geöffnet und zwar von der anderen Seite. Anschließend folgte ich Nicolai hindurch.

Wir betraten einen großen Raum, fast schon eine Halle, der rund war wie ein Tunnel. In diesem Raum standen mindestens fünf oder zehn Särge. Und es gab auch einige wenige Büros. Diese Büros waren vielmehr kleine Nischen, die voneinander getrennt waren und in jeder stand ein Schreibtisch.

„Dies ist mein Unterschlupf, bzw. unser Unterschlupf. Hier werden alle Toten dieses Ortes verwaltet, daher die Schreibtische. Jeder Friedhof hat so etwas. Und hier schlafe ich jede Nacht. Ich habe mir erlaubt, deinen Sarg aus dem Reich der Finsternis holen zu lassen. Ich wünsche dir einen guten Tag." Da ich sehr müde war, legte ich mich in meinen Sarg und schlief ein.

Am nächsten Abend erwachte ich und verließ meinen Sarg.

Diesmal waren etwas mehr Vampire in der Halle. Auch Nicolai war dort, er stand an einer der Nischen mit einem anderen Vampir, der mir sehr bekannt vorkam.

Ich schloss meinen Sarg und ging auf Nicolai zu. Er stellte mir, am Ende des Gesprächs, seinen Gegenüber vor: „Samuel, dies ist Nathaniel. Du hast ihn im Reich der Finsternis kennengelernt. Er hat dich auf dein Zimmer gebracht. Komm mit, wir haben noch nichts getrunken."

Ich folgte seiner Einladung und schloss mich den beiden an.

Wir verließen die Gruft wieder und flogen wieder in die Richtung aus der Nicolai und ich in der vorherigen Nacht gekommen waren.

„Wo sind wir eigentlich und welches Jahr haben wir, Nicolai. Das sieht alles so anders aus.", fragte ich ihn hilflos, als wir ankamen.

Nicolai hatte anscheinend vergessen, dass ich aus einer anderen Zeit stammte und die Welt hatte sich während meiner Abwesenheit vollkommen verändert.

Er sah mich an und meinte: „Jetzt sind wir fast direkt in dem Ort Kingston upon Hull, gestern waren wir in dem angrenzenden Wald. Und wir schreiben das Jahr 1840."

Die Antwort traf mich wie ein Schlag mit einem Stein. Es war nicht zu fassen, ich konnte nicht glauben, dass ich bereits seit 174 Jahren tot war. Alle meine Freunde und Verwandte waren tot. Die Welt wie ich sie kannte existierte nicht mehr, sie hatte sich weitergedreht und ich wusste nicht, wie ich damit umgehen sollte. All diese Neuerungen und Veränderungen. Am schlimmsten war die Gewissheit, dass ich meine Freunde nicht mehr lebend sehen konnte, wie sie glücklich mit ihren Familien zusammenlebten oder was überhaupt aus ihnen geworden war. Das traf mich tief. Die Lust etwas zu trinken verging mir aber nicht davon. Also beschloss ich, mich ein wenig zu vergnügen. Nicolai und Nathaniel führten mich in einen Konvent, nahe dem Dorfkern. Wir näherten uns der Nonnenbehausung, aus der Luft und landeten lautlos auf dem Dach. Dann stiegen wir durch eine Dachluke in das Haupthaus ein.

Der Flur, in dem wir landeten, war lang und dunkel. Keine Kerze, Fackel oder Gaslampe säumte den Weg, doch das war kein Hindernis für uns. Wir konnten alles genau erkennen und schlichen uns in den Speisesaal.

Nicolai flüsterte: „Okay, wir gehen folgendermaßen vor: Als Erstes nehmen wir uns das Erdgeschoss vor und dann mähen wir alles und jeden um. In diesem Konvent leben Nonnen und Priester, die sich mit den Jägern zusammengeschlossen haben. Zeigen wir denen mal, was wir von dieser Entscheidung halten."

Mit diesen Worten schossen wir in verschiedene Richtungen. Ich war unglaublich schnell, aber es war wie mit dem Kämpfen, mein Körper machte es ganz von alleine, ohne dass ich mich anstrengen musste.

Ich gelangte in einen großen Saal, in dem viele Betten standen. Diese waren mit Novizinnen gefüllt. Mein Durst überkam mich, ich vermutete Mal, dass ich mich jetzt nicht mehr beherrschen musste, da wir diesen Konvent überfielen und nicht subtil vorgehen wollten. Dem ersten Bett näherte ich mich noch auf leisen Sohlen und schwebte ein wenig über dem Boden. Das Mädchen in dem Bett wirkte friedlich und sah noch schöner aus, als das Casketville - Mädchen. Ihr Atem war ruhig und sie schlief selig.

Vorsichtig näherte ich mich ihrem Hals. Er lag verführerisch auf dem weichen Laken und ihre Haut schimmerte blass im Mondlicht. Sanft liebkoste ich sie, bevor ich meine Zähne in ihr blutjunges, unschuldiges Fleisch rammte. Die Haut riss sofort und ich saugte den ganzen roten Nektar aus ihren Adern, bis sie sichtbar leer waren. Nachdem ihr Körper

113

leblos vor mir lag machte ich mich daran alle anderen ebenfalls auszusaugen.

Wieder agierte ich blitzschnell und beinahe lautlos, allerdings nicht immer sehr sauber, obwohl viel Blut daneben spritzte, reichte es zum satt werden. Bei dem vorletzten Mädchen widerfuhr mir jedoch ein Missgeschick. Das umherspritzende Blut traf ihre Bettnachbarin und diese rannte schreiend durch das Haus.

Als ich versuchte sie einzuholen, hatten sich schon einige Nonnen und Priester in der Halle eingefunden und auch meine beiden Begleiter waren dort, allerdings befanden sie sich noch auf einer der oberen Gallerien.

„Wer sind Sie? Und was wollen Sie?", herrschte mich der Oberpriester an.

„Ich bin euer schlimmster Albtraum!", entgegnete ich ihm.

„Er hat meine Bettnachbarin umgebracht!", kreischte das Mädchen hysterisch.

Und in dem Augenblick sprangen Nicolai und Nathaniel aus dem obersten Stockwerk hinunter.

„Nicht nur er ist euer Albtraum. Wir sind nicht besser!"

Die Menschen standen nun verängstigt in dem Saal und wussten nicht, wo sie dieses Bild einordnen sollten. Drei schwarz gekleidete, große und unheimlich wirkende Gestalten, die obendrein noch schwarze Haare und Augen hatten. Es war nur verständlich, dass die Nonnen und Priester uns für Teufel hielten. Jeder streckte uns sein Kruzifix entgegen und sie alle murmelten irgendwelche Gebete.

„Das wird euch jetzt auch nicht mehr helfen. Gott hört eure Gebete nicht und er wird auch keine Engel zu eurer Erlösung schicken. Und jetzt macht euch bereit vernichtet zu werden. Wir sehen uns auf der anderen Seite. Ich wünsche angenehmes Sterben.", kündigte diesmal Nathaniel an. Ich war doch sehr überrascht von ihm, da er immer so reserviert und zurückhaltend wirkte. Aber in Wirklichkeit war er ein genauso kalter Killer wie Nicolai. In diesem Augenblick wurde mir zum ersten Mal richtig klar, dass ich ebenfalls ein eiskalter Killer war. Mit einem lauten Schrei stürzten sich die beiden auf die Menschen und ich tat es ihnen gleich. Die Nonnen und Priester versuchten zu fliehen, doch wir waren schneller und töteten sie alle blitzartig. Unfassbar schnell bissen wir zu und noch schneller saugten wir sie leer. Überall flogen Körperteile oder Köpfe umher. Ich hatte nicht bemerkt, dass uns Xerxes gefolgt war und sich über die Leichname hermachte. Auf dem Boden hatten sich die Blutreste zu einer großen Pfütze gesammelt und in ihr lagen etliche Leichen. Zum Schluss war nur noch ein Mädchen übrig, sie saß verstört in einer Ecke und zitterte vor Angst. Ihre Haut war bleich mit einem leichten Grünstich und es war unübersehbar, dass sie sich während dem Gemetzel mehrfach übergeben hatte. Ich sah sie an und irgendwas in mir sagte, dass ich sie nicht einfach nur töten sollte. Das dringende Bedürfnis sie aus dieser Welt zu befreien und ihr ein ewiges Leben zu schenken, breitete sich in mir aus. Dann sah ich Nicolai an und er kam auf mich zu, um mich zu fragen: „Samuel, was ist denn los mit dir? Warum tötest du sie nicht?"

„Ich will sie zu einer von uns machen und möchte, dass du mir sagst wie das geht.", erklärte ich ihm.

Er sah mich mit funkelnden Augen an und sagte schmunzelnd: „Ah. So ist das also. Die Kleine gefällt dir. Na gut, mach sie von einer heiligen Hure zur Braut des Teufels. Samuel, du hast wirklich ein paar interessante Einfälle. Aber weil das Stil hat, werde ich dir das Ritual verraten. Also, du musst sie von deinem Blut trinken lassen und du musst etwas von ihrem Blut trinken. Danach dauert es ein wenig bis sie stirbt und wieder zu neuem Leben erwacht. Wir haben für solche Fälle extra ein Gasthaus in der Nähe eingerichtet. Dort kannst du sie hinbringen und in Ruhe ihrem Schicksal überlassen."

Ich näherte mich dem Mädchen vorsichtig und half ihr hoch. Erst sträubte sie sich noch dagegen, doch als sie das Blut von meinem Mund tropfen sah, erkannte sie, dass sie keine Chance gegen mich hatte und unterließ es sich zu wehren. Dann versenkte ich meine Zähne in ihrem Hals und trank ein wenig von ihrem Blut. Es schmeckte süß und angenehm aber es hatte auch einen ganz leichten bitteren Nachgeschmack. Nun öffnete ich mit meinen Zähnen einen kleinen Spalt meiner Haut, das kalte, dunkle Blut tropfte aus meinem Arm und ich drückte ihn an ihren Mund und flüsterte zu ihr: „Sauge. Ziehe ganz fest, dass Blut aus meinen Adern."

Sie tat es und zog fest an meiner Ader. Es schmerzte ein wenig, aber ich ließ es zu. Bis ich anfing mich schwächer zu fühlen und mir schwindelig wurde.

„Es ist gut. Genug für heute.", flüsterte ich in ihr Ohr. Schlagartig ließ sie von mir ab und ich begann, mich augenblicklich besser zu fühlen.

„Ach ja, bevor du sie in das Gasthaus bringst, solltest du ihr vielleicht etwas Anderes anziehen. Möglicherweise etwas, das nicht so viel Aufmerksamkeit erregt.", gab Nicolai zu bedenken.

Nach kurzem Überlegen riss ich ihr die Schwesterntracht vom Leib. Ihr Körper war üppig ausgestattet aber im Moment bot sie keinen sehr schönen Anblick. Sie zitterte und an ihrem Körper zeichneten sich hier und da einige Striemen ab, die auf schwere Misshandlungen zurückzuführen waren und einige blaue Flecken hatte sie auch. Unter der Haube versteckte sich langes, schwarzes Haar. Nachdem ich ihr alle Kleider abgenommen hatte, stand sie schüchtern vor mir und sah mich ängstlich an, während sie, mit ihren Händen versuchte ihre Blößen zu bedecken, aber es gelang ihr nicht wirklich.

Dann entledigte ich mich meiner Robe und zog sie ihr an. Die überschüssigen Kleiderfetzen riss ich ab und band sie mir um die Hüfte. Im Anschluss nahm ich sie auf die Arme und brachte sie in die Kirche, die an das Haupthaus angrenzte. Danach machten Nicolai, Nathaniel und ich uns auf den Weg in die oberen Etagen, um die restlichen Nonnen und Priester zu töten.

Als ich den Flur in der ersten Etage erreichte, überfiel mich Stille. Nichts und Niemand war zu sehen. Dann drang ich in das erste Zimmer ein und überraschte eine Nonne, die gerade aufgestanden war, um einen Schluck Wasser zu trinken. Blitzschnell tötete ich sie. Ich zerriss sie regelrecht, wie ein wildes Tier. So machte ich mich auf den Weg von Zimmer zu Zimmer und holte mir ein Menschenleben nach dem anderen. Hin und wieder entkamen mir einige bei dem ersten Versuch, doch da ich mich sehr viel schneller bewegte als sie holte ich sie im Endeffekt doch immer ein.

Gegen Mitte der Nacht waren wir fertig, der ganze Konvent bestand nur noch aus Leichen. Blut war überall an den Wänden zu sehen und langsam breitete sich der Duft der Verwesung aus. Die einzige Überlebende war das Mädchen, welches in der Kirche auf mich wartete. Nicolai und Nathaniel brannten nach getaner Arbeit den Konvent nieder. Als ich zu ihr zurückkehrte, kniete sie auf einer Kirchenbank und betete. Ich konnte ihre Gedanken lesen und diese verrieten mir, dass sie Angst hatte und dass sie hoffte, ihr würde nichts geschehen. Des Weiteren betete sie für die anderen und wünschte ihnen, dass sie in den Himmel kamen.

„Warum betest du für die anderen?", fragte ich sie, während ich auf sie zu ging.

„Ich bete für die anderen, weil sie meine Familie waren und mir ein Heim gaben. Sie gaben meinem Leben einen Sinn und zwar dem Herrn zu dienen und mein Leben nach seinen Wünschen auszurichten.", lautete ihre Antwort.

Derweil hockte ich mich auf die Lehne einer Kirchenbank und klärte sie auf: „Weißt du. Gott hört dich schon lange nicht mehr. Und du hast dein Leben nicht nach seinen Vorstellungen gelebt. Deine Gebete und dein

Glauben sind nutzlos und du solltest sie so schnell wie möglich über Bord werfen."

Das Mädchen begann zu weinen. Mit meinen Worten hatte ich ihr ganzes Leben zerstört und ihren Glauben in tausend Splitter zerschlagen. Es war einfach zu viel für sie und unter der Last ihrer seelischen Schmerzen brach sie zusammen. Im Anschluss zerlegte ich die Kirche in ihre Einzelteile. Ich riss einige Bänke aus, warf Kreuze durch die Gegend und stieß den Altar um. Nach getaner Arbeit nahm ich das Mädchen und machte mich auf den Weg in die Pension Seabreeze, zu Colin.

Nach einem kurzen Flug erreichte ich das Inn und trat ein. Der Portier war ein großer, schlanker Vampir, der mich aus finsteren Augen ansah.

Mit markerschütternd tiefer Stimme sagte er: „Wir haben kein Zimmer mehr frei. Kommen Sie bitte ein anderes Mal wieder. Vielen Dank und gute Nacht."

„Nicolai hat dieses Gasthaus empfohlen. Ich habe hier dieses Mädchen, sie braucht ein Zimmer mit viel Ruhe.", um meiner Aussage Nachdruck zu verleihen entblößte ich meine Eckzähne.

Erstaunt sah er mich an und sein Ton wurde gleich höflicher, obwohl die Stimme immer noch sehr tief war: „Selbstverständlich haben wir noch ein Zimmer. Wenn ich mich vorstellen darf, mein Name ist Colin Filth. Ich bin der Leiter dieses Etablissements. Ich gebe ihnen Zimmer 13. Es ist das erste Zimmer links neben der Treppe."

„Vielen Dank.", sagte ich knapp.

Dann wandte ich mich der Treppe zu, die mit einem roten Teppich ausstaffiert war. Sie wirkte sehr elegant und auf dem Geländer verteilt standen Kerzenleuchter, sonst war die Eingangshalle eher spärlich eingerichtet. Neben dem Holztresen und einigen Stühlen sowie der Treppe, gab es nicht sehr viel zu sehen. Ich ging mit dem Mädchen in das besagte Zimmer und legte sie dort ins Bett. Anschließend machte ich mich auf den Weg zu der Gruft, in der mein Sarg stand. Als ich dort ankam, dämmerte es bereits und die Müdigkeit überfiel mich schleichend.

So legte ich mich schlafen.

# Kapitel 11

Als ich am nächsten Abend erwachte, wurde ich bereits von Nicolai und Nathaniel erwartet. Sie standen um meinen Sarg herum und Nicolai begrüßte mich mit den Worten: „Guten Abend. Hast du das Mädchen zu Colin gebracht?"

Ich war noch gar nicht richtig wach und verschlafen murmelte ich: „Guten Abend. Ja, ich habe sie zu Colin gebracht und ich werde sie gleich besuchen, um ihr etwas von meinem Blut zu geben. Wie lange dauert es eigentlich, bis sie sich verwandelt?"

„Das ist unterschiedlich. Es kann sehr schnell gehen, innerhalb weniger Stunden. Oder es dauert ein paar Tage. Dass es noch länger dauert ist jedoch unwahrscheinlich.", antwortete Nathaniel.

Dann ergriff Nicolai wieder das Wort: „Wie sieht es aus? Kommst du mit auf die Jagd?"

„Ich möchte erst einmal das Mädchen besuchen."

Die beiden Vampire nickten zustimmend und dann sagte Nathaniel: „Wenn du doch noch Lust haben solltest, mit uns zu jagen, dann komm in die Stadt. Du findest uns in einer Kneipe namens Ye Olde Arms Inn."

Anschließend machten sie sich auf die Jagd und ich machte mich auf den Weg zur Pension Seabreeze. Nach kurzem Flug kam ich dort an und betrat das kleine Fachwerkhaus, das etwas außerhalb lag. Colin stand hinter dem Tresen in der Empfangshalle und fragte mich freundlich, mit seiner dunklen Stimme: „Guten Abend. Kommst du um deine Freundin zu besuchen? Ich denke sie ist noch in ihrem Zimmer, ich habe sie zumindest nicht hier draußen gesehen und auch mein Tagesportier hat nichts Ungewöhnliches bemerkt."

„Vielen Dank."

Dann ging ich nach oben in das Zimmer Nr.13. Ich öffnete die Tür und sah das Mädchen auf dem Bett liegen. Ihre schwarzen Haare umspielten sanft ihren nackten, misshandelten Körper. Das fahle Mondlicht ließ ihre Haut bleich schimmern. Lautlos betrat ich das Zimmer und schloss die Tür hinter mir. Anschließend berührte ich sanft ihre Schulter. Das Mädchen schreckte hoch und sah sich ängstlich um.

„Ganz ruhig. Es ist alles in Ordnung. Ich bin es nur. Erinnerst du dich noch an mich? Ich habe dich letzte Nacht hierhergebracht.", versuchte ich sie zu beruhigen.

„Ich kann mich nur noch vage an den gestrigen Abend erinnern. Wo sind die anderen? Und wo bin ich?", gab das Mädchen verwirrt von sich.

„Du bist in einem kleinen Inn. Es tut mir leid das zu sagen, aber der Konvent fiel einer grausamen Katastrophe zum Opfer. Alle anderen sind nicht mehr am Leben. Du bist die Einzige, die es geschafft hat. Ich habe dich aus dem Feuer geholt und dich hier hingebracht. In den nächsten Wochen und Monaten werde ich mich um dich kümmern."

Das Mädchen war den Tränen nahe und musste erstmal verarbeiten, was sie gehört hatte. Für sie brach eine Welt zusammen und das schon zum zweiten Mal, doch davon wusste sie ja nichts mehr. Ich beschloss ihr einige Augenblicke ruhe zu gönnen und verzog mich in das Bad, welches zum Zimmer gehörte. Dort fand ich eine Weinflasche, die ein ehemaliger Bewohner hier vergessen haben musste. Behutsam ritze ich mir eine kleine Wunde in die Hauptschlagader und ließ es in die Flasche laufen. Das Gefäß konnte ungefähr einen Liter fassen und mit dem, was sie schon von mir getrunken hatte, musste es reichen, um sie zu einer Vampirin zu machen. Nach zehn Minuten war die Flasche voll und ich fühlte mich schwach. Ich spürte, dass ich Blut trinken musste, um wieder zu Kräften zu kommen. Anschließend kehrte ich ins Zimmer zurück. Sie saß immer noch weinend auf ihrem Bett. Schnell und lautlos näherte ich mich der Schlafstätte und stellte die Flasche neben ihr ab. Beruhigend nahm ich sie in den Arm.

„Mein kleines Engelchen. Weine bitte nicht. Du brauchst die anderen jetzt nicht mehr. Ich werde mich um dich kümmern und deine ganze Familie sein. Neben deinem Bett steht eine Flasche mit köstlichem Wein. Trinke ihn und du wirst dich besser fühlen, vertraue mir. In einigen Tagen werde ich nach dir sehen und dich auf dein neues Leben vorbereiten."

Dann drückte ich sie noch ein wenig fester mit sanfter Gewalt an mich und ließ sie spüren, dass sie keine Angst haben müsste. Ihr Körper entspannte sich langsam wieder und sie schmiegte sich sanft an meinen Rumpf. Nachdem ich ihren Kopf einige Minuten lang gestreichelt hatte, wurde sie ganz ruhig und ich konnte sie dazu bewegen einen Schluck Wein zu nehmen. Wieder einige Minuten später liebkoste ich sanft ihren Hals und führte mir ein wenig ihren Blutes zu. Meine Schwäche schwand langsam und ich begann, mich wieder etwas besser zu fühlen.

„Meine Kleine, ich werde dich jetzt wieder verlassen. Falls du irgendwelche Wünsche hast, wie z. B. etwas zu essen, dann zögere nicht, das Personal darum zu bitten. Und nun erfülle mir einen Wunsch und verrate mir deinen Namen."

Mit großen ängstlichen Augen sah sie mich an und wirkte auf dem Bett im Dunkel der Nacht ein wenig verloren. Ihre Haut schimmerte sanft und ihre glockenhelle Stimme durchschnitt die Stille: "Mein Name ist Melissa."

Ihre Stimme war noch immer ein wenig unsicher. Mein Verlangen nach der Gesellschaft anderer Vampire war stark und ich musste sie verlassen.

Nachdem sie mir ihren Namen verraten hatte, verließ ich die Pension recht schnell und machte mich auf den Weg in die Kneipe, in der ich Nicolai und Nathaniel anzutreffen hoffte.

Ich öffnete die Türen und in der Luft hing der schwere Geruch von Blut und Alkohol. Vorsichtig setzte ich einen Fuß vor den anderen und als ich dann auf den Boden sah und ich nur Bäche von menschlichen Fäkalien. Sanft erhob ich mich und spazierte durch Luft.

„Nicolai? Nathan?", rief ich in die Kneipe, die voller Leichen war.

Die Leichen saßen an den Tischen, wie normale Gäste. Plötzlich flog die Tür zur Küche auf und Nathaniel eilte herbei, er hielt ein Tablett mit Gläsern in der Hand.

„Es heißt Nathaniel und nicht Nathan.", dabei sah er mit einem tadelnden Blick zu mir herüber. Dann schwebte er zu einem der Tische herüber und redete mit den Leichen.

„So, hier haben Sie ihr Bier, meine Herrschaften.", anschließend brach er in schallendes Gelächter aus.

„Ach, alter Knabe. Wenn du wüsstest wie geistreich du jetzt bist. Vor deinem Tod warst du ein Nichts und jetzt amüsierst du mich. Siehst du, jetzt, hat dein Leben einen Sinn.", sagte er zu einer der Leichen und wieder begann er, schaurig zu lachen.

Da kam Nicolai aus der Küche.

„Nathaniel. Was gibt es denn zu lachen. Hat sich einer unserer Gäste beschwert?", und auch er begann, zu lachen.

„Nein, nein. Ich habe mich nur ein wenig mit einem Gast unterhalten. Und ob du es glaubst oder nicht. Er hat mich zum Lachen gebracht.", dann lachten sich beide die Seelen aus dem Leib. Es war kein herzliches Lachen, sondern ein dämonisches, kaltes Lachen, dass aus den Tiefen der Hölle kam. Ich gesellte mich zu den beiden und Nicolai machte ein verdutztes Gesicht, so einen Gesichtsausdruck hatte ich bei ihm noch nie gesehen und irgendwie erschreckte es mich. Da ich kein fröhliches Gesicht machte, sagte Nicolai: „Oh, Samuel. Was ist denn los? Amüsiert dich das denn nicht? Ich finde es gibt nichts Lustigeres als mit Leichen zu spielen."

„Na ja. Ich finde es sehr makaber. Aber warum lacht ihr? Wieso könnt ihr lachen, wenn ein Vampir doch nichts fühlen kann?"

„Oh wir fühlen nichts dabei. Wie du sicher schon bemerkt hast ist das Lachen für uns nichts weiter als ein mechanischer Vorgang, hat also nichts mit Gefühl zu tun. Ist aber auch nicht von Bedeutung. Was bedrückt dich mein Lieber?", das Letztere fragte er mit einem mitleidig wirkenden Blick.

"Ich weiß nicht so recht, was gerade über mich gekommen ist. Plötzlich war da dieses Verlangen. So eine Art drang, wieder nach Hause zu gehen.", versuchte ich ihm zu erklären.

„Willst du wieder ins Reich der Finsternis?"

„Nein, nein. Das ist es nicht. Ich will wieder nach Hause. Wieder nach Blackgraves. Ich will wissen, ob der Familienfriedhof noch steht und vielleicht auch mein eigenes Grab besichtigen. Und ich wollte fragen, ob ihr mitkommen wollt?"

"Ach so. Ich fürchte, dass es mir nicht möglich ist dich zu begleiten. Eine wichtige Meldung von einigen Aktivitäten der Jäger in London hat mich ereilt und nachdem was das letzte Mal passiert ist als sie in der Hauptstadt so aktiv waren, möchte ich in der Lage sein rechtzeitig eingreifen zu können, sollte es nötig sein. Dafür werde ich deine Hilfe brauchen, Nathaniel. Aber Sam, genehmige dir ruhig eine Auszeit und besichtige deine alte Heimat. Vielleicht begleitet dich ja Guinevere. Sie wollte morgen hierherkommen."

„Gut, dann frage ich sie, falls ich sie treffe. Wenn du Hilfe benötigst, lasse es mich wissen, ich komme so schnell ich kann."

„Immer mit der Ruhe. Du bist gerade erst angekommen. Gewöhne dich erstmal an dein neues Leben hier und vielleicht hilft dir dieser kleine Ausflug mit deinem alten Leben abzuschließen."

Am Himmel wurde es langsam heller und wir machten uns auf den Weg zum Friedhof.

Ich legte mich in meinen Sarg und die Stille umfing mich schnell, es dauerte nicht lange und ich schlief tief und fest.

# Kapitel 12

Die Nacht begann für mich mit einem Flug. In Rabengestalt nahm ich den ganzen Weg vom Norden Englands bis in den tiefsten Südwesten auf mich. Das Dorf aus dem ich stammte, lag beinahe am äußersten Zipfel Cornwalls. Es dauerte eine ganze Weile, doch durch meine übernatürliche Kraft schaffte ich es sehr schnell in die Heimat meiner Kindheit zu gelangen. Das Haus stand zwar noch immer dort, wo ich es zurückgelassen hatte. Doch dort schien niemand zu leben. Kein Licht brannte in irgendeinem der zahlreichen Zimmer. Die Fenster waren teilweise eingeschlagen oder nur noch notdürftig von den Fensterläden bedeckt. An den Türen blätterte der Lack ab und die Steine, aus denen die Mauern bestanden waren überwuchert von Efeu. Ein paar Ranken waren so dreist gewesen und hatten sich sogar durch einige der Dachschindeln gebohrt. Dazu hatten sie wohl die Zwischenräume ausgenutzt. Behutsam machte ich ein paar Schritte auf das Herrenhaus zu. Was ich vom Garten sehen konnte war ein wildwuchernder Dschungel aus hohem Gras, Wildblumen und außer Kontrolle geratenen Sträuchern und Hecken. Rosenranken, die einst kontrolliert und schön gestutzt den Eingangsbereich säumten, erstreckten sich über weite Teile der Treppe und Veranda im Eingangsbereich. Der kalte, rostige Türgriff ließ sich kaum bewegen und selbst mit meiner übernatürlichen Kraft konnte ich das Eingangstor nicht dazu bewegen sich zu öffnen. Ein zerbrochenes Fenster diente mir als Einstieg. Der Boden knirschte unter meinen Füßen. Jeder Schritt hallte mit enormer Lautstärke nach. Das Heim meiner Kindheit war kein Heim mehr. Nur noch eine leere Hülle einer verblassten Erinnerung, die ein Toter einst hatte. In gewisser Weise erinnerte mich das Haus an mich selbst. Auch ich wandelte eigentlich nur noch als verblasste Hülle meines früheren Selbst über die Erde. Irgendwo im Gebälk der oberen Stockwerke mussten sich Fledermäuse oder Eulen verstecken. Ihr aufgeregtes Flügelschlagen hörte ich bis in die große Halle, in der ich mittlerweile stand. Sicherlich hatten sie mich gerochen. Raubtiere unter sich. Ob sie wohl Angst vor mir hatten oder mich eher willkommen heißen wollten? Mich das höchste Raubtier ohne natürliche Fressfeinde. Wie auch immer. Ich schlenderte weiter durch das Erdgeschoss. Hin und wieder flackerten ein paar Erinnerungen an glücklichere Tage auf.

Ein klirrendes Fenster im ersten Stock ließ meine Vampirsinne aufhorchen. Bot sich hier die Gelegenheit eines Kampfes? Vielleicht sogar eines unverhofften Mitternachtssnacks? Behände schoss ich die Treppe hinauf und stürmte voller Kampfeslust in das Zimmer, aus welchem ich das Geräusch gehört hatte. Die Holzsplitter flogen durch den Raum als ich mich gegen die Tür warf.

„Huch!"

Guinevere blickte mich an.

„Oh, guten Abend. Wie schön dich zu sehen. Mit dir hatte ich in so einer tristen Gegend gar nicht gerechnet."

„Guten Abend, Sam. Wie solltest du auch mit mir rechnen sollen, wenn du gar nicht wusstest, dass ich vorhatte herzukommen."

Ihr Lächeln entblößte die kleinen Grübchen in ihrem Gesicht. Die Stubsnase zog sich ein wenig kraus. Ihre schwarzen Augen schienen endlos tief.

„Stimmt. Das hätte ich nicht wissen können. Was mich zu der Frage bringt; was tust du hier?"

„Na, du kannst Fragen stellen. Abgesehen von meiner Vorliebe für triste Orte bei Nacht, wollte ich dich besuchen. Immerhin habe ich dich gemeinsam mit Nicolai erschaffen, sozusagen. Und ich würde gern den Vampir hinter der Legende etwas näher kennenlernen."

„Ich möchte dich auch ein wenig besser kennen lernen. Du warst für mich immer etwas ganz Besonderes."

Erstaunt sah sie mich an und meinte: „Wirklich? Ich hatte nie das Gefühl, dass du mich besonders leiden kannst."

„Glaube mir. Ich habe dich vom ersten Moment an angebetet. Und ich habe es sehr genossen, als du mich getötet hast.", dabei sah ich ihr in die Augen.

„Samuel, du schmeichelst mir. Aber ich bin erfreut das zu hören.", sie wirkte ein wenig verlegen, wie ein Schulmädchen.

Sie nahm meine Hand und ging mit mir in den Garten. Gemeinsam kämpften wir uns durch das Gestrüpp. Sie ging voran bis zur Klippe, die an den äußersten Teil des Gartens angrenzte. Dort ließ sie sich nieder und ihre Beine baumelten im Mondenschein. Sie klopfte mit der Hand neben sich auf den Boden. Ich setzte mich, wie von ihr gewünscht.

„So, von hier stammst du also ursprünglich?"

„Ja, so ist es. Hier bin ich aufgewachsen, nachdem mein Onkel meine Vormundschaft übernommen hatte."

„Ist schön hier. Deine Kindheit war bestimmt wundervoll. Mit einem so reichen Vormund und einem so riesigen Garten. Da hast du dich als Kind sicherlich immer austoben können."

„Ja, so könnte man das nennen. Eines Tages schlich ich mich bis ins Dorf hinunter. Mein Onkel war auf einer Reise und meine Tante war damit beschäftigt einen gesellschaftlichen Anlass zu planen. Daher wusste ich, dass niemand mir große Aufmerksamkeit schenken würde. Also schlich ich mich bis ins Dorf und erkundete die Welt auf eigene Faust. Zuerst stattete ich einigen Händlern einen Besuch ab. Ich wollte unbedingt wissen, was die so machen, wenn wir nicht gerade bei ihnen einkauften. Aber das hat mich schnell gelangweilt. Eine Blutlache, die sich den Weg vom Barbierhaus die Gasse hinunter bahnte, zog mich in ihren Bann. Neugierig folgte ich ihr und verfolgte sie bis zu ihrem Ursprung. Glücklicherweise fiel ich im allgemeinen Trubel, der dort herrschte nicht weiter auf und konnte mich gut in eine Ecke kauern. An der Wand hingen blitzende Werkzeuge aus Metall. Seltsam geformt waren sie und mit spitzen Klingen ausgestattet. Auf einem Stuhl lag ein Mann festgebunden. Ein Holzstück klemmte in seinem Mund und neben ihm auf einem Beistelltisch stand eine Flasche Whisky mit zwei Gläsern.

Sowohl der Barbier als auch der Mann auf dem Stuhl mussten vorher einige Schlucke getrunken haben, da die beiden Gläser definitiv benutzt worden waren. Dann kamen zwei kräftige Männer hinzu und hielten den Patienten auf dem Stuhl zusätzlich fest. Er biss so fest er konnte auf das Holzstück und der Barbier wickelte ein Band fest um sein Bein. Am unteren Ende des linken Beins hing leblos ein Fuß. Violett verfärbt mit großflächigen schwarzen Flecken bedeckt verbreitete der Fuß einen fauligen, süßlichen Geruch. Gelblich rote Flüssigkeit rann den Fuß entlang bis zur Verse. Der Barbier war fertig mit abbinden und der Mann schloss seine Augen. Die beiden Helfer packten zu und dann setzte der Barbier mit einer Säge am Fuß an. Blut lief aus den Schnitten, die der Barbier verursachte. Es war klebrig und glitschig. In dicken Tropfen fiel es auf den Boden herab und ein metallener Geruch flog in meine Nase. Immer wieder rutschte der Barbier ab und der Mann im Stuhl schrie wie am Spieß. Es war eine gefühlte Ewigkeit bis der Patient ohnmächtig vor Schmerz wurde. Unermüdlich schnitt der Barbier weiter. Bis der Fuß schließlich auf den blutdurchtränkten Boden fiel und ein paar Tropfen bis in mein Gesicht herüberspritzten. Ich blieb dort bis der Barbier mich entdeckte und hinauswarf. Das war der Moment indem ich beschloss Arzt zu werden."

„Ich kann mir den kleinen Sam richtig gut vorstellen. Du hattest also schon immer viel mit Blut zu tun. Da war es ja nur eine Frage der Zeit bis wir auf dich aufmerksam wurden."

„Ja, so scheint es. Woher kommst du eigentlich? Ich meine, wo hast du gelebt, bevor du ein Vampir wurdest?", fragte ich.

„Ich lebte in Schottland. Auf einem kleinen Bauernhof in der Nähe von einem wunderschönen Schloss, dass den Namen Kilmarnoch trug. Ich bin aber seit meinem Tod nicht mehr dort gewesen und weiß nicht, ob es noch steht. Aber ich möchte auch nicht dorthin zurück. Noch nicht. Ich bin ja gerade mal 300 Jahre lang ein Vampir."

Ich war sehr überrascht, dass sie schon so lange ein Vampir war, zumindest erschien es in meinen Augen eine lange Zeit. Sie schien das alles ein wenig anders zu sehen.

Dann ergriff sie wieder das Wort und fragte mich: „Und, was genau, gefiel oder gefällt dir so an mir?"

„Ich weiß nicht, es ist schwer zu beschreiben. Du bist dunkel, mystisch und unglaublich bezaubernd. Du hast es geschafft mich sofort in deinen Bann zu ziehen. Und ich habe in meinen Einsamen Nächten immer noch das Bedürfnis in deiner Nähe zu sein."

Das letzte Geständnis ging mir ziemlich unter die Haut und ich fühlte mich ein wenig verlegen. Sie ergriff meine Hand und stand gemeinsam mit mir auf. Dann zog sie mich nahe an sich heran und legte ihre Arme sanft um meinen Körper. Guinevere schmiegte sich an mich und zum ersten Mal bemerkte ich wie kalt ihr Körper war. Durch ihre Worte und vor allem die Erzählungen aus der Kindheit schien sie so warmherzig, da überraschte mich ihre tatsächliche Körpertemperatur. Ich erwiderte ihre Umarmung und drückte sie fest an mich. Die Vampirin in meinen Armen gab ein leises, kaum hörbares Seufzen von sich. Ich atmete ihren erdigen aber wohlriechenden Duft ein. Ihre Lippen waren verführerisch nahe an meinen, da sie ihr Gesicht nach oben gerichtet hatte in Richtung des Meinigen. Es war die pure Versuchung aber ich hatte meine Bedenken, sie zu küssen, weil sie ja auch ein Vampir war. Aber dann ergriff sie die Initiative und küsste mich einfach. Ihre Lippen waren zwar kalt aber weich und zart. Dann wisperte sie in mein Ohr: "Ich wünschte wir könnten mehr Zeit miteinander verbringen.", beim Klang ihrer Stimme bekam ich eine Gänsehaut. Statt weiterer Worte ließ ich einfach meine Lippen auf den Ihren und wir küssten uns immer wieder und immer weiter und länger. Zwischendurch nahmen wir die Gesichter voneinander weg und schauten uns tief in die Augen, nur um Momente später wieder mit der Lippenakrobatik weiter zu machen. In meinem Körper wallte Hitze auf. Es begann langsam in den Füßen, so als zöge man sich warme Socken an einem kalten Wintertag an. Mit jedem Kuss breitete sich die Wärme mehr und weiter in mir aus. Als sie in meinem Brustkorb angekommen war spürte ich sogar einen leichten stechenden Schmerz. Dieser wandelte sich in Sekundenbruchteilen in ein angenehmes Kribbeln, dass sich vom Herz aus in den restlichen Körper ausbreitete. Bei jedem Kuss verstärkte sich das Gefühl nicht nur, es war so als würden sich elektrische Ströme blitzartig durch meinen Körper ziehen. Ich hatte keine Ahnung ob Guinevere etwas Ähnliches empfand, aber hin und wieder konnte ich ihren Körper leicht erschauern spüren.

„Erzähl mir doch noch etwas von dir. Ich würde dich wirklich gerne etwas näher kennen lernen.", begann ich das Gespräch nach einer Weile wieder.

„Was soll ich dir groß erzählen. Ich war eine einfache Hausangestellte im Schloss Kilmarnoch. Irgendwann, ich schätze es war kurz vor meinem zwanzigsten Geburtstag, begegnete ich Nicolai. Er verführte mich mit aufregenden Geschichten von einem Leben in der Ewigkeit. Ich ließ mich von ihm blenden und übersah die Konsequenz des Lebens als Unsterbliche. Die Konsequenz, dass ich mein normales Leben verlieren würde und auch meine Empfindungen. Aber seitdem ich nicht mehr fühlen kann, mache ich mir darüber auch keine Gedanken mehr, da es nur Zeitverschwendung wäre. Als Nicolai mich zu seiner Schöpfung machte, unternahm ich viele Reisen mit ihm. wir bereisten beinahe die ganze Welt und erschufen viele Unsterbliche und begegneten vielen Vampiren, die Nicolai schon vor meiner Zeit geschaffen hatte. Aber irgendwann wurde ich des Reisens müde und ließ mich nieder. Ich zog mich in einen kleinen Ort in den Highlands, zurück und lebe heute immer noch dort, wenn ich meine Ruhe haben will. Ansonsten bin ich häufig in Frankreich anzutreffen. Ich bin begeistert von der französischen Küstenlandschaft und auch von der Provence und der Bretagne. Nach England bin ich eigentlich nur gekommen, weil Nicolai mich darum gebeten hatte dich zu beißen. Und als du im Reich der Finsternis warst, habe ich mich nach Schottland zurückgezogen. Habe ich dir nun genug erzählt? Ich fürchte wir müssen unsere Unterhaltung beenden, da es bereits dämmert." Während sie mir aus ihrem Leben erzählt hatte, ging die Nacht langsam zu Ende, ohne dass ich etwas davon bemerkt hatte. „Du hast Recht. Und sollte mich beeilen, denn ich habe bei Colin in der Pension noch ein Opfer, das ich zum Vampir machen will." Guinevere sah mich scharf an und fragte dann: „Ist es ein Mädchen?"

Ich war überrascht, dass Guinevere sich dafür interessierte und noch mehr überraschte mich der Hauch von Eifersucht, den ich in ihrer Stimme zu hören glaubte. „Ja, es ist ein Mädchen. Eine Schwesternschülerin aus dem Konvent, den Nathaniel, Nicolai und ich neulich auseinandergenommen haben. Warum fragst du?"

"Nur so.", der Anflug von Gefühl, den ich in ihrer Stimme geglaubt hatte, war so schnell verflogen, wie er gekommen war.

## Kapitel 13

Am nächsten Abend landete auf dem Friedhof und betrat die Gruft, in die Nicolai mich einmal geführt hatte.

In dieser Gruft saßen einige Schreiberlinge und verwalteten die neuesten Todesfälle der Stadt. Ich konnte eine gewisse Unruhe spüren, die in der Luft hing und plötzlich tippte mich jemand von hinten an.

„Guten Abend, mein lieber Freund. Wie ist es dir ergangen?", hieß mich die unterkühlte, typisch britische Stimme willkommen. Es war Nathaniel, der da hinter mir stand. Rasch drehte ich mich um.

„Ah. Guten Abend, Nathaniel. Mir ist es gut ergangen. Ich glaube, ich konnte tatsächlich einen Schlussstrich unter mein altes Leben ziehen. Und wie ist es dir bzw. euch ergangen?"

Nathaniel machte ein besorgtes Gesicht und sagte mit kühler Stimme: „Nun. Hier in Kingston upon Hull sind einige Probleme auf den Plan getreten. Und wir haben alle Hände voll zu tun sie zu lösen. Es trifft sich sehr gut, dass du hergekommen bist. Du könntest uns in der Tat behilflich sein."

„Was für Probleme sind denn das?", fragte ich gespannt.

„Es ist eine Gruppe von Jägern. Ich hatte zwar noch keinen persönlichen Kontakt aber Nicolai hat schon zwei von denen zu Gesicht bekommen. Sie haben schon vier Vampire getötet und es werden immer mehr. Das Problem ist, dieses Mal töten sie nicht irgendwelche Vampire. Sie konzentrieren sich auf hochrangige Vampire.", klärte er mich auf.

„Was sind hochrangige Vampire? Wie meinst du das?", fragte ich verwirrt.

„Hochrangige Vampire sind Vampire, die sehr alt und stark sind. So wie Nicolai und ich. Du stehst ebenfalls auf der Abschussliste, weil du die Schwester des Anführers getötet hast. Nicolai meinte, dass ihr Anführer ein Mitglied der Casketville - Familie sei."

Diese Nachricht hatte mir mit einem Schlag meine ganze gute Laune vernichtet. Es versetzte mir einen unangenehmen Stich zu wissen, dass mich jemand töten wollte.

„Also gut. Das vermiest mir jetzt meine gute Laune und wirft einen hässlichen Schatten auf meine Abendplanung. Aber ich helfe euch natürlich gerne."

„Das wollte ich hören, mein Freund. Nicolai wird sicher sehr erfreut sein, dass wir mit dir rechnen können. Komm mit, ich bringe dich zu ihm."

Mit diesen Worten verließen wir beide die Gruft und er brachte mich in die Stadt zu Nicolai und einigen anderen Vampiren. Unter ihnen waren auch alte Bekannte, wie Aki und Leif. Nicolai hielt eine kleine Ansprache: „Wie ihr alle sicher wisst, haben sich jüngst einige Todesfälle unter uns Vampiren ereignet. Schuld an diesen Todesfällen sind Menschen. Um genau zu sein, eine kleine Gruppe von vier Männern und einer Frau. Diese Fünf gehören zu den ortsansässigen Jägern, angeführt von der Casketville - Familie. Sie bevorzugen es die Hochrangigen zu töten und das schließt euch alle mit ein. Wir können dieses Verhalten nicht länger in unserem Territorium dulden. Und wenn sich die Beute gegen die Raubtiere richtet, dann gibt es nur eines, was die Raubtiere tun können: Die Beute jagen. Möge die Jagd beginnen!"

Nach dem er seine Ansprache beendet hatte, schwärmten wir aus. Jeder nahm sich ein anderes Gebiet der Stadt vor. Von oben betrachtet sah es so aus, als würde die Stadt von einer schwarzen Plage heimgesucht, die alles und jeden vernichten wollte.

Allein durchstreifte ich einige dunkle Gassen, als ich plötzlich ein seltsames Geräusch vernahm. Es klang wie ein Röcheln oder so etwas Ähnliches. Als ich die Quelle des Geräusches ausgemacht hatte, begab ich mich sofort dort hin. In einem kleinen Hinterhof waren zwei Gestalten. Die eine lag regungslos auf dem Boden, während die andere neben ihr kniete und etwas aus ihrer Brust zog. Auf den zweiten Blick erkannte ich, dass die eine Gestalt ein Mensch und die andere ein Vampir war. Der Mensch zog dem Vampir einen Pflock aus dem Körper. Blitzschnell stürmte ich auf die beiden zu, packte das Menschlein am Kragen und schleuderte es gegen eine Wand. Einige Knochen knackten und ein wenig Putz rieselte herab. Der Jäger lag regungslos am Boden. Ich beachtete ihn gar nicht weiter, sondern wandte mich erstmal dem Vampir zu. Jetzt erst erkannte ich wer es war, der dort am Boden lag. Es war Nathaniel. Wut überfiel mich und ich spürte, wie ich die Kontrolle über mich verlor. Meine Gedanken verschwammen und ich sah nur noch die Adern und das Blut des Menschleins, welches sich mittlerweile vom Boden erhoben hatte und hinter mir stand. Es sagte irgendwas, aber ich konnte es nicht verstehen, in meiner Raserei. Ich wirbelte herum und stürmte auf den Menschen zu. Dieser konnte im letzten Augenblick noch reagieren und rammte mir den Pflock in das linke Bein. Ich heulte vor Schmerz auf und sank zu Boden. Den Jäger kriegte ich nicht mehr zu fassen, aber mein Schrei hatte andere Vampire angelockt, die sich in der Nähe aufgehalten hatten. Viele von ihnen heulten auf wie Wölfe, als sie Nathaniels Leiche sahen. Nachdem ich mich wieder aufgerappelt hatte, sah ich mich in der Runde um. Aki war auch gekommen und er war der Einzige, den ich von den Anwesenden kannte.

„Meine Güte, Sam. Was ist denn mit dir geschehen?", fragte er mich. Mein Bein schmerzte immer noch und die Wunde heilte langsam, aber ich konnte ihm antworten: „Der Mensch, der Nathaniel auf dem Gewissen hat, hat mich am Bein erwischt." „Aber wie konnte er Nathaniel töten? Immerhin war Nathaniel einer, der Hochrangigen. Und er wusste, wie man auf sich aufpasst. Er hätte viel zu stark sein müssen für einen einzelnen menschlichen Wurm."

„Ich weiß auch nicht genau, aber ich könnte mir vorstellen, dass er in einen Hinterhalt gelockt wurde."

Akis Augen weiteten sich und er sah mich ungläubig an.

„Das kann ich mir zwar nicht vorstellen, aber eine andere Möglichkeit gibt es wohl nicht. Jedenfalls keine, die nicht mit irgendeinem magischen Schnick-Schnack zu tun hat."

„Ich weiß es auch nicht. Außerdem ist es nur eine Vermutung gewesen. Lass uns lieber Nicolai von Nathaniels Tod berichten.",

Kaum hatte ich den Satz gesagt, da kam Nicolai vom Himmel herunter geflattert und schloss sich unserer Unterhaltung an: „Nicht nötig, Gentlemen. Ich habe bereits von seinem Dahinscheiden erfahren."

Ich war total überrascht von Nicolais Art, er wirkte auf einmal nicht wie ein grausames Monster, sondern wie ein englischer Landadliger. Verwirrt fragte ich Aki, was es damit auf sich habe, er sagte mir, dass Nicolai im Angesicht des Todes immer sehr darauf bedacht sei, die Form zu wahren. Und er sei immer sehr ernst, bis der Leichnam beigesetzt worden war.

Dies geschah auch einige Tage später, leider konnte ich der Zeremonie nicht beiwohnen, da ich mich mal wieder um meine Schwesternschülerin kümmern musste. Also machte ich mich, in einer der folgenden Nächte auf in die Pension Seabreeze.

Nach sehr kurzem Flug kam ich dort an und betrat das kleine Fachwerkhaus. Colin sah mich seltsam an und wirkte sehr distanziert.

„Guten Abend, Samuel. Ich habe gehört in der Stadt ereignen sich seltsame Todesfälle in unseren Reihen. Und ich habe auch von Nathaniels Tod erfahren. Warum bist du nicht bei seiner Beisetzung im Reich der Finsternis?", begrüßte er mich.

„Guten Abend, Colin. Es stimmt, was du gehört hast. Es ereignen sich seltsame Todesfälle in der Stadt. Und ich bin nicht auf Nathaniels Beerdigung, weil ich hier noch zu tun habe, wie du weißt habe ich noch ein Opfer auf einem der Zimmer. Warum bist du nicht bei seiner

Beisetzung, wenn man fragen darf?", fragte ich ihn in dem gleichen seltsamen Tonfall, den er benutzt hatte.

„Nun, jemand muss ja auf die Pension aufpassen, in diesen unruhigen Zeiten kann ich die jungen Vampire, die sich in den Zimmern befinden, nicht unbeaufsichtigt lassen. Oder?", er sah mich mit prüfendem Blick an.

„Du hast Recht. Jetzt entschuldige mich bitte, ich muss noch meine Arbeit zu Ende bringen."

Mit diesen Worten begab ich mich nach oben, in das Zimmer, in dem ich Melissa zurückgelassen hatte. Als ich die Tür öffnete und das Zimmer betrat, sah ich sie in dem Bett liegen. Melissa sah einfach wunderschön aus. Ihre Haare waren schwarz, wie die Nacht und auch ihre Haut war blasser geworden. Sanft stupste ich sie an, um sie zu erwecken. Langsam aber sicher erwachte sie aus ihrem Schlaf und sie blickte mich mit ihren großen Augen an. Dann erhob sie sich und hob die Weinflasche, die ich ihr überlassen hatte, vom Boden auf und warf sie nach mir. Überrascht versuchte ich auszuweichen, doch ich hatte die Flasche zu spät erkannt und so traf sie mich an der Schläfe. Die Splitter rissen eine kleine Wunde in mein Fleisch und ein leichter, stechender Schmerz breitete sich an der Stelle, an welcher mich die Flasche getroffen hatte, aus.

„Was sollte das denn?", fragte ich sie, leicht verärgert.

„Wie kannst du es wagen, du Schuft?! DU hast mich hier tagelang allein gelassen und mich von dem Zeug, was in der Flasche war abhängig gemacht. Ich habe Höllenqualen durchlitten. Essen wollte und konnte ich nicht mehr. Und das einzige Getränk, was ich hinunter bekommen habe, war dieses Zeug, aus der Weinflasche. Allerdings war die Flasche nach kurzer Zeit leer und seitdem sitze ich auf dem Trockenen. Ich drehe langsam durch. Mein Gewicht sinkt rapide und auch meine Gefühle schwinden so langsam. Zumindest glaube ich das. Was hast du mit mir angestellt?!"

Melissa stürmte auf mich zu und sprang mir an den Hals, um mich zu würgen. Doch ich war stärker und warf sie zurück auf das Bett.

„Lass mich dir erklären, was ich mit dir angestellt habe. Also, ich habe dir mein Blut zu trinken gegeben. Damit du eine Unsterbliche werden kannst. Nun benötigst du noch das Blut unseres Ältesten. Bald wirst du meinen Todeskuss empfangen, um als Vampirin wieder zu erwachen. Und ich bitte dich, nur um eine weitere Nacht. Bleibe noch eine weitere Nacht hier. Danach wird dein Leiden ein Ende haben."

Ich streichelte ihr, zur Beruhigung sanft über den Kopf und nahm Melissa in den Arm. Ich spürte, wie sich ihr Blut langsam wieder abkühlte und sie sich beruhigte.

„Und nun verzeihe mir mein kleiner Engel, aber ich muss hinfort und das Blut für dich holen. Ich werde morgen Nacht wiederkommen und dich erlösen, von deinem Albtraum, genannt Leben."

Ich küsste sie zum Abschied auf die Wange und verließ dann das Zimmer.

Mit schnellen Schritten ging ich zurück in die Eingangshalle und fragte Colin:" Sag mal, Colin. Wie komme ich am schnellsten ins Reich der Finsternis?"

„Nun, da gibt es nur einen Weg. Du gelangst ins Reich der Finsternis, indem du durch einen Spiegel gehst. Du kannst jeden beliebigen Spiegel dafür verwenden. Denke einfach an dein Ziel, während du hindurchgehst und du wirst dort ankommen, wo du willst. Gehe in meine Wohnung, sie ist, wenn du aus der Pension trittst im Anbau links von dir. Die Tür ist nicht abgeschlossen."

Ich bedankte mich freundlich bei ihm und verließ die Pension. Als ich das Fachwerkhaus verließ, bemerkte ich in einiger Entfernung einen Schatten, der hinter einem Baum verschwand. Meine Neugier wurde geweckt, doch ich machte mir nichts weiter daraus und betrat den Anbau. Nach kurzer Suche fand ich ein Badezimmer, in dem ein Spiegel an der Wand hing. Er war zwar recht klein, doch ich nahm Anlauf und sprang auf das Glas zu und verschwand darin.

Alles um mich herum verschwamm und wurde verzerrt. Überall waren bunte Wirbel und mir wurde schwindelig. Und nach einigen Minuten stand ich vor der Burg der Nacht.

Etwas benommen machte ich erste, vorsichtige Schritte in Richtung Tor und öffnete dieses langsam.

Nach dem ich mich wieder gefangen hatte und wieder sicher auf den Beinen stand. Betrat ich die Burg und gelangte in die, mir bekannte, Eingangshalle.

Der Eingangshalle folgte der Thronsaal und dort saß der Fürst auf seinem Thron und wirkte sehr nachdenklich.

Vorsichtig und unterwürfig näherte ich mich dem Thron. Als ich vor dem Thron stand, kniete ich vor ihm nieder.

„Seid gegrüßt, mein Fürst.", begrüßte ich meinen Herren.

„Sei gegrüßt, Samuel. Was bringt dich zu mir? Etwa Nathaniels Tod?"

„Nein, mein Fürst. Aber ich frage mich wie ihr über seinen Tod denkt. Nun gut, ich komme zu meinem eigentlichen Anliegen. Ich benötige eine kleine Dosis euren Blutes, um mein Opfer zu einer Vampirin zu machen."

„Ah. Endlich mal eine gute Nachricht. Meine Vampire bekommen also wieder Zuwachs. Der Verlust von Nathaniel ist zwar nicht durch einen Novizen auszugleichen. Aber dennoch ist es erfreulich zu hören."

Der Fürst rief einen Diener zu sich und dieser übergab mir eine kleine Flasche mit einer schwarzroten Flüssigkeit. Ich nahm die Flasche an mich und verstaute sie in einer Tasche, in meiner Kutte.

„Nun, Samuel. Du fragst dich, wie ich über den Tod von Nathaniel denke? Ich stehe dem Ganzen sehr skeptisch gegenüber. Aber ich werde dir sagen, was ich denke. Passt auf euch auf, es könnte sein, dass die Jäger über ein magisches Artefakt oder ein Buch gestolpert sind. Es ist sehr merkwürdig, dass sie einfach so besonders starke Vampire töten können. Ich persönlich habe noch von keinem Menschen gehört, der das ohne magische Hilfe geschafft hat. Also gehe ich davon aus, dass sie irgendwas entdeckt haben müssen. Das kann ganz schön nach hinten losgehen für euch, wenn ihr nicht rechtzeitig herausfindet, was da vor sich geht."

„Also handelt die Gruppe von Vampirjägern mit verstärkter Kraft.", murmelte ich vor mich hin.

„So wird es sein, Samuel. Aber nun solltest du gehen. Im Reich der Sterblichen geht die Nacht zu Ende. Und ich denke du wolltest noch ein Opfer unsterblich machen."

„Ja, ihr habt Recht. Zwar wollte ich mein Opfer erst in der nächsten Nacht unsterblich machen, aber ich sollte noch ein wenig schlafen, damit ich genug Kraft für die Jagd auf die Vampirjäger habe."

Ich verabschiedete mich mit einer Verneigung und machte mich wieder auf den Weg in den schwarzen Bogen, damit ich wieder ins Reich der Lebenden kam.

Als ich durch das Tor flog, wurde ich erneut durchgeschleudert und mir wurde wieder schwindelig und alles wurde verzerrt.

Nach dem ich die Schwelle verlassen hatte, kam ich wieder im Reich der Lebenden an und stieg aus einem Spiegel, der sich in der Gruft befand.

Ermüdet legte ich mich in meinen Sarg und schlief ein.

In der nächsten Nacht erwachte ich nur schwer und mit einem unguten Gefühl, in der Magengrube. Am Tag hatten mich sehr seltsame Albträume geplagt, aber ich gab nichts weiter auf sie und machte mich, mit dem Fläschchen in der Tasche, auf den Weg zum Stadtrand, um in der Pension mein Opfer zu einer von uns zu machen.

Bei meiner Ankunft in der Pension Seabreeze erschien mir alles sehr seltsam.

Hinter dem Tresen stand eine mir völlig fremde Person, an der Stelle, wo normalerweise Colin stand. Ich betrachtete die Person mit eindringlichem Blick und stellte anhand der Augenfarbe fest, dass es sich um einen Menschen handeln musste. Aber die Augen allein waren kein fester Beweis dafür, also beschloss ich, die Person anzusprechen.

„Guten Abend, der Herr. Wo ist denn Colin, wenn man fragen darf?"

Die Person sah mich an und versuchte keine Miene zu verziehen, aber mir fielen dennoch einige Schweißperlen auf seiner Stirn ins Auge.

„Colin musste ins Reich der Finsternis. Er hat dort wichtige Geschäfte zu erledigen."

Ich konnte einen nervösen Unterton in seiner Stimme feststellen und ich glaubte ihm kein Wort.

„So, so. Er ist also im Reich der Finsternis. Weißt du, ich finde das sehr seltsam. Er wollte in nächster Zeit gar nicht ins Reich der Finsternis. Er hat seine Pension nicht mal verlassen, um zu der Beisetzung eines anderen Vampirs im Reich der Finsternis zu gehen. Also, wer bist du und warum lügst du?"

Die Tarnung des Mannes am Tresen war aufgeflogen, denn nun holte er einen Pflock hervor, sprang auf den Tresen und stürmte dann auf mich los, nachdem er einen gewaltigen Satz wieder vom Tresen heruntergemacht hatte.

Der Mann war sehr kräftig und schien ein guter Kämpfer zu sein. Sein erster Schlag ging nur knapp an mir vorbei und hinterließ einen Faustabdruck in der Wand. Ich war über seine Kraft sehr erstaunt und schnell wurde mir klar, dass er mit einer magischen Verstärkung arbeitete, so wie der Mann in der Nacht als Nathaniel starb. Der Kampf dauerte nicht länger als 20 Minuten. Das Menschlein war zwar sehr geschickt und hatte bereits die halbe Eingangshalleneinrichtung zerlegt, als ich den Spieß umdrehte und es in eine Ecke, mit dem Rücken zur Wand drängte.

„Du weißt also vom Reich der Finsternis. Und über uns scheinst du auch Bescheid zu wissen. Also, wo ist Colin?"

Das Menschlein zuckte mit den Schultern und tat so, als wisse es nichts.

„Ich frage dich zum letzten Mal. Wo ist Colin?", diesmal hielt ich ihm einen zur Kralle verwandelten Finger an den Hals und ritzte ganz leicht in sein Fleisch. Die Augen des Mannes weiteten sich und ich konnte seine Angst förmlich riechen. Sein Mund öffnete sich langsam und leise kamen folgende Worte heraus: „Drüben, im Anbau."

Ich wollte gerade von ihm ablassen und zog meinen Finger langsam wieder zurück, da wurde der Jäger wieder etwas selbstsicherer und gab mit kräftiger Stimme von sich: „Aber das wird dir nicht mehr viel nützen! Dein Freund ist wahrscheinlich schon tot. Denn uns entkommt keiner!"

Nachdem er seine kleine Ansprache beendet hatte, begann ich laut zu lachen. Er sah mich ganz erstaunt an und wusste nicht, was er sagen sollte, dies verriet mir die Ratlosigkeit in seinen Augen.

„Haben dir deine Freunde von dem Krieg erzählt?"

Das Menschlein nickte.

„Und haben sie euch auch erzählt, wer gewinnen wird?"

Der Mann schüttelte den Kopf.

„Ich sage dir, wer gewonnen wird. Wir."

„Nein, das kann nicht sein. Du lügst, du Ausgeburt des Satans. Niemals könntet ihr unsere Heerscharen besiegen."

„Hast du dir je die Mühe gemacht dich von der so genannten Macht eurer Heerscharen zu überzeugen. Hast du sie gesehen?", fragte ich ihn herausfordernd.

Der Mensch schüttelte mit dem Kopf.

„Glaube mir, was immer ihr glaubt an Macht zu haben ist nur von geringer Dauer und von noch geringerer Bedeutung. Auch wenn ihr euch mit wessen Unterstützung auch immer ein bisschen Zauberei angeeignet habt, werdet ihr damit nicht für immer durchkommen. Es gibt eine Prophezeiung und sie hat sich erfüllt. Daher werdet ihr verlieren, doch da wo du hingehst spielt, dass Alles keine Rolle mehr. Aber davon kannst du dich jetzt selbst überzeugen. Grüß mir den Fährmann."

Dann zerriss ich ihm seinen Hals und trank ihn leer. Anschließend eilte ich in den Anbau. Ich zerschmetterte die Tür und machte Colin ausfindig. Er war auf den Tisch, in seinem Wohnzimmer, gefesselt und um ihn herum standen vier Männer und eine Frau, in langen dunklen Mänteln. Einer der Männer hielt einen Pflock in der Hand und bohrte ihn ganz langsam in seine Brust. Colin lag auf dem Tisch und konnte sich nicht bewegen, zu seinem Glück konnte er keinen Schmerz fühlen. Als ich ins Wohnzimmer kam, sah mich die Gruppe von Menschen, entsetzt an.

„Wie konnte er überleben? John hatte doch spezielle Fähigkeiten.", fragte die Frau in die Runde.

„Das bedeutet nicht, dass man unsterblich wird. Und gegen einen Vampir hat ein Mensch nur eine Chance, wenn der Vampir durch einen Hinterhalt ausgetrickst wird.", antwortete ich ihr.

„Habe ich doch gleich gesagt. Aber ihr wolltet nicht hören.", gab sie besserwisserisch von sich.

„Halt die Klappe!", herrschte sie der Mann mit dem Pflock an.

„Los! Tötet ihn!", fügte er noch hinzu.

Doch ich war schneller und raste zu Colin. Auf dem Weg dorthin, stieß ich alle anderen Menschen beiseite und schleuderte sie, durch meine ungeheure Kraft, in die hintersten Ecken des Raumes. Vor dem augenscheinlichen Anführer blieb ich stehen und bevor er den Pflock vollständig in Colins Brust versenken konnte, schlug ich ihn aus der Hand.

„Darf ich mich vorstellen? Mein Name ist Samuel Blackgraves. Und wer bist du?", fragte ich ihn neugierig.

„Mein Name ist Brighton Casketville. Du hast meine Schwester getötet. Und dafür werde ich Rache an dir und deinen Freunden nehmen.", ließ er heroisch verlauten.

„Na dann werden wir uns ja bald wiedersehen. Aber ich gebe dir einen guten Rat. Töte lieber keine Vampire mehr, es wird dich teuer zu stehen kommen. Und jetzt verschwinde, ich werde dich ein anderes Mal töten. Dem sei dir sicher."

Mit diesen Worten packte ich ihn und warf ihn aus dem Fenster. Auch die anderen Menschen hatten sich aus dem Staub gemacht. Danach befreite ich Colin, der immer noch sehr geschwächt war. Ich half ihm langsam wieder auf die Beine und nach wenigen Augenblicken konnte er wieder auf eigenen Beinen stehen.

„Danke, Samuel. Das war knapp."

„Ich habe immer gedacht, dass du ein Idiot bist. Aber jetzt, da du mir das Leben gerettet hast, muss ich gestehen, dass du ein Vampir bist wie wir auch, zumindest größtenteils. Nun gut, genug gesülzt, sonst könnte man noch meinen, dass ich Gefühle hätte.", sagte Colin und wir machten uns auf den Weg in die Pension, nebenan.

Als, wir dort ankamen, ließ ich Colin in der Eingangshalle zurück und machte mich auf den Weg nach oben, um Melissa zum Vampir zu machen. Doch als ich die Tür zu ihrem Zimmer geöffnet hatte, bot sich mir eine Szenerie des Grauens.

Melissa hing vor dem, mit Läden und Tüchern bedecktem, Fenster. Ihr Körper hing da, wie ein Kruzifix und Blut tropfte aus unzähligen Wunden. Die Jäger mussten sie für eine Vollblut Vampirin gehalten haben, da ihr Herz aufgespießt auf dem Boden, zu ihren Füßen, lag. In mir stiegen Wut und Trauer gleichermaßen auf. Ich konnte es nicht fassen, sie ist doch noch ein halber Mensch gewesen.

Dann sah ich mich im Zimmer um, alles war verwüstet und Blut klebte in rauen Mengen an den Wänden.

„Wenigstens hast du dich nicht kampflos ergeben.", sagte ich zu der Leiche, während ich über die unzähligen Stichwunden, auf ihrem Oberkörper strich.

Es war wirklich sehr schade, da ich mich schon darauf gefreut hatte endlich jemanden zu konvertieren. Niedergeschlagen verließ ich das Zimmer und begab mich wieder nach unten, wo Colin bereits mit dem Aufräumen begann. Ich half ihm dabei.

# Kapitel 14

In den frühen Abendstunden wurde ich unsanft von Nicolai geweckt.

„Samuel! Los, du musst aufstehen!", schrie er durch die Gruft.

Langsam öffnete ich meinen Sarg und erhob mich unter einigen unchristlichen Flüchen.

„Was gibt es denn?", fragte ich ihn dann mürrisch.

„Komm mit! Wir müssen in die Stadt! Aki und Leif haben die Gruppe bei der Jagd überrascht. Es hat zwar einige Frühaufsteher erwischt, aber die Hauptsache ist, dass Aki und Leif die Feinde gestellt haben.", erklärte er mir auf dem Weg in die Stadt.

Die Gruppe der Jäger war nicht vollständig, die Frau fehlte. Aber in der jetzigen Situation war das auch egal. Hauptsache war, dass die vier Männer in der Falle saßen. Ein ausgeglichener Kampf stand uns bevor und die beiden Nachtmahre waren unserer Unterstützung nicht abgeneigt.

„Ah! Sie mal einer an. Wer kommt denn da? Die Kavallerie vielleicht?", gab Aki in einem arroganten Unterton von sich.

„Ist ja schon gut, Aki. Da ich aus zuverlässiger Quelle weiß, dass diese Gruppe von Menschen mit zusätzlicher Kraft ausgestattet wurden und fast so stark sind wie wir. Habe ich mir erlaubt, ein wenig Unterstützung mitzubringen. Aber ich hoffe, das stört euch nicht.", sagte Nicolai.

„Woher weißt du das?", fragte ich ihn.

„Der Fürst hat es mir gesagt. Und nun sollten wir uns um unser kleines Problem da drüben kümmern. Jeder schnappt sich einen. Aber seid vorsichtig sonst töten sie euch noch. ICH WILL IHRE LEBEN!", wies Nicolai uns an.

Wir nickten zustimmend und stürzten uns dann auf die Jäger. Mein Gegenüber war ein ziemlicher zäher Bursche und auch von Natur aus sehr kräftig. Als ich mich ihm näherte, krempelte er sich die Ärmel hoch und machte ein selbstsicheres Gesicht.

Er fackelte nicht lange und ließ die Fäuste durch die Luft tanzen, mit der Absicht mich zu treffen. Doch ich war schneller und konnte den Hieben ausweichen. Der Jäger stolperte einen kleinen Schritt nach vorne und war nur einen Moment unachtsam gewesen. Diesen Moment nutzte ich gnadenlos aus und trat ihn beiseite. Er flog ein kleines Stück und landete unsanft auf dem Straßenpflaster. Noch fast im gleichen Augenblick stand das Menschlein wieder vor mir und wollte weiterkämpfen, diesmal hatte er einen Pflock in der Hand.

„Gar nicht mal schlecht. Gar nicht mal schlecht. Aber nun werde ich das Kindertheater mal sein lassen und dich vernichten. Also, komm ruhig näher Opfer, auch wenn es weh tun wird.", forderte ich ihn auf.

„Dich zermalme ich.", zischte er wütend zurück.

Mit einem Lächeln im Gesicht stürzte ich auf ihn zu, um ihm einen Tritt zu verpassen. Doch ich hatte mir das zu einfach vorgestellt, denn er wich mir aus und damit hatte ich nicht gerechnet. Als ich an ihm vorbei stürzte, stolperte ich und schlug lang hin. Ich rollte mich sofort auf den Rücken und sah den Jäger über mir. Jetzt war er es, der lächelte und sagte: "So schnell können sich die Dinge ändern, Dämon."

Dann raste der Pflock auf mich hinab und traf mich am Arm, da ich mich nicht schnell genug wegrollen konnte, um unversehrt zu entkommen.

Ich stand auf und sah mir die Wunde am Arm an.

„Ich bin kein Dämon. ICH BIN EIN VAMPIR!!", schrie ich.

Blitzschnell hechtete ich auf ihn zu und rammte meinen Arm in seine Brust. Mit einer schwungvollen Bewegung riss ich ihm das noch schlagende Herz heraus. Der Mensch hatte nicht damit gerechnet und starb mit einem überraschten Ausdruck im Gesicht. Durch die Wucht flog sein Körper noch einige Meter durch die Luft und mich faszinierte, was für eine gute Figur der Mensch dabei machte. Nachdem er auf dem Boden aufschlug und ausblutete, wandte ich mich den anderen Vampiren zu und beobachtete ihre Kämpfe.

Nicolai war in arge Bedrängnis geraten. Er stand mit dem Rücken zur Wand und Casketville hielt ihm ein Messer an den Hals. Casketville sagte irgendwas zu ihm und wanderte mit einem Pflock in der anderen Hand zum Herz. Ich wusste, dass ich irgendwas machen musste, aber ich befürchtete, dass Casketville mich bemerkte und schneller zustieß, als ich mich bewegen konnte.

Aber ich musste es riskieren. Nahezu lautlos und für das menschliche Auge nicht erfassbar, näherte ich mich Casketville. Und gerade in dem Moment, in dem er zustoßen wollte, packte ich ihn an der Schulter und schleuderte ihn in die andere Richtung. Das Messer fiel einige Meter weit weg von mir und ich kümmerte mich nicht weiter darum.

Nicolai sah mich an und sagte: „Danke, Samuel. Das war knapp. Ich habe schon fest mit meinem Tod gerechnet."

Wir sahen uns um, aber weder Casketville, noch sein Pflock waren zu sehen. Aber dafür hingen, an einer Straßenlaterne zwei Kadaver, aus denen noch etwas Blut auf die Straße tropfte und noch einige andere Flüssigkeiten.

Nicolai pfiff einmal und Xerxes kam vom Himmel herunter geschwebt. Als er am Boden ankam, machte er sich sofort daran die Pfütze, die sich unter der Leiche angesammelt hatte aufzulecken und danach machte er sich über die Eingeweide her. Bei näherem Betrachten konnte man erkennen, dass es sich um die Leichen der anderen Vampirjäger handelte.

Aki und Leif tauchten aus dem Schatten auf. Sie sahen ziemlich abgekämpft aus und hatten auch einigen Blessuren davongetragen.

„Na? Wie findet ihr es? Ist es nicht ein schönes Kunstwerk?", sagte Leif und setzte ein bitterböses Lächeln auf.

„Sehr schön. Habt ihr wirklich gut hingekriegt.", gab ich von mir und musste einmal schlucken.

„Nun, die Nacht ist noch jung. Vertreibt euch die Zeit.", sagte Nicolai.

Ich begab mich wieder in die Gruft und fand dort einen Brief, auf meinem Sarg.

Er war von Guinevere. Sie schrieb mir:

*Lieber Samuel.*

*Was gibt es Neues von eurem Kampf gegen die Vampirjäger?*

*Hier passiert nicht all zu viel und es gibt kaum Vampire in der Nähe. Ich hoffe, dass ihr bei eurem Kampf vorsichtig seid und dass der Krieg bald endet. Auch wenn dieser Krieg noch relativ jung ist, hat er doch mehr Vampirleben gefordert als sich jeder von uns jemals hätte vorstellen können. Wir haben die Menschen einfach unterschätzt.*

*Der Grund weshalb ich dir schreibe ist jedoch ein anderer; zum einen habe ich von Gerüchten erfahren, die sich die französischen Jäger zuflüstern. Diese besagen, dass die Jäger in England es geschafft haben ein altes, magisches Buch in ihren Besitz zu bringen. Das Buch soll einst einem Jäger gehört haben der sich auf Magie verstand. Vampire hatten es während der Kreuzzüge an sich nehmen können, aber den Gerüchten zufolge ist es beim Großen Brand von London wieder in Jägerhände zurückgefallen. Bislang konnte jedoch niemand etwas damit anfangen. Doch im Norden haben sich nun Abkömmlinge der ursprünglichen Besitzerfamilie gefunden und den Jägern angeschlossen. Der Name dieser Familie ist Casketville. Also seid vorsichtig, wenn ihr ihnen begegnet. Ein weiteres Gerücht besagt, dass in dem Buch ein Ritual zu finden ist mit dem das Ende aller Vampire herbeigeführt werden kann. Ich hoffe, dass es sich hierbei ebenfalls nur um eine Legende handelt.*

*Bis bald, dann können wir hoffentlich das letzte Treffen fortsetzen.*

Behutsam legte ich den Brief beiseite und begab mich an einen freien Schreibtisch, um ihr ebenfalls einen Brief zu schreiben.

Ich nahm mir ein Blatt Papier, einen Federkiel und ein Tintenfässchen.

Dann begann ich:

*Liebe Guinevere.*

*Es gibt so einiges, dass ich dir über den Kampf gegen die Vampirjäger berichten kann. Zunächst haben wir herausgefunden, dass sie mit zusätzlicher Kraft ausgestattet wurden und zwar mit Hilfe von Magie. Allerdings hatten wir keine genauen Kenntnisse von der Quelle ihrer Kraft. Doch jetzt mit dem Wissen um das Buch ist es wohl sicher, dass sie sich seiner Macht bedient haben. Leider ist Nathaniel den Jägern zum Opfer gefallen. Auch Colin ist in einen Hinterhalt geraten, aber zufälligerweise kam ich gerade vorbei und konnte ihm helfen sich zu befreien. Fast alle Vampirjäger sind nun tot. Die einzigen Überlebenden sind dieser Casketville und die einzige Frau in der Gruppe, aber beide werden bald sterben, das spüre ich. Ich werde mich so schnell wie möglich zu Nicolai begeben und ihm von dem Buch und der möglichen Gefahr berichten. Vielen Dank, dass du uns darüber in Kenntnis gesetzt hast.*

*Ich vermisse dich schrecklich und würde am liebsten mehr Zeit mit dir verbringen, auch wenn ich weiß, dass du nichts fühlen kannst, sage ich dir, dass ich mich zu dir hingezogen fühle. Aber ich kann erst zu dir kommen, wenn ich meine Aufgaben hier erledigt habe.*

*Doch lange kann das nicht mehr dauern.*

*Bis in alle Ewigkeit*

*Samuel*

Nachdem die Tinte getrocknet war, faltete ich den Brief und packte ihn in einen Umschlag, den ich versiegelte und schrieb drauf an, wen er geschickt werden sollte. Danach legte ich den Brief in ein Fach, in das alle Briefe gelegt wurden, damit sie von Gargoyles zu ihren Bestimmungsorten gebracht werden konnten.

# Kapitel 15

In den darauffolgenden Nächten passierte weiter nichts Ungewöhnliches. Ich durchstreifte Nacht um Nacht die Straßen, suchte mir Nahrung und hielt nach Jägern Ausschau. Jedoch ohne Erfolg. Nicolai machte die Bekanntschaft einer sehr interessanten und schönen Frau. Er verbrachte immer öfter die Nacht mit ihr und verriet mir in einem vertraulichen Gespräch, dass er sie ebenfalls zu einem Vampir machen wolle. Doch irgendwas schien mir an der Frau merkwürdig. Ich traf sie zwar nur einmal, doch ich machte mir sehr schnell ein Bild von ihr. Besonders merkwürdig waren ihre Augen, sie waren so tief und von merkwürdiger Farbe. Es schien so als, wären ihre Augen leicht violett und das machte mir ein wenig Sorgen, da ich noch niemanden gesehen hatte mit einer solchen Augenfarbe.

Ich versuchte derweil das Versteck der restlichen Jäger ausfindig zu machen oder zumindest eine Spur von ihnen zu finden, doch es war zwecklos, ich fand nicht den kleinsten Hinweis. Nacht für Nacht suchte ich die Einsamkeit und saugte kaum Menschen aus. Ich wusste auch nicht, was mit mir los war, irgendwie fühlte ich mich seltsam. Und auch diese Ruhe vor dem Sturm gefiel mir nicht.

Im Mai geschah es dann, es war die erste Vollmondnacht und ich war mit Nicolai auf der Jagd. In den vergangenen Tagen, war er anders geworden. Bislang hatte Nicolai nie eine Gelegenheit, einen Menschen zu töten, ausgelassen. Doch seitdem er diese Frau kannte, hatte er mehr als eine

Gelegenheit Menschen auszusaugen verstreichen lassen. Es war fast so als würde er sich seine ganze Energie nur für sie aufsparen. Als ich ihn darauf ansprach, war das auch genau die Antwort, die ich von ihm bekam. Er vermochte dadurch nicht mein Misstrauen zu beseitigen. Es schien mir so als seien seine Vampirsinne getrübt. Ich hatte die beiden mehrere Male beobachtet und in ihrer Nähe wirkte der Erzvampir beinahe menschlich. Natürlich war mir bewusst, dass sich die Vampire den Menschen anpassten, wenn sie sich mit ihnen umgaben. Aber trotzdem erschien es mir seltsam.

Als ich wieder einmal mit ihm auf Jagd war, ließ ich all mein Misstrauen und meine Befürchtungen außen vor, um die Nacht zu genießen. Am frühen Abend machten wir uns daran einige Pubs zu besuchen und hofften darauf Opfer zu finden. Zwar saugten wir bevorzugt Frauen aus, aber auch das Blut der Männer war uns recht, um unseren Durst zu stillen. Wir hatten Glück, denn gleich im ersten Pub fanden wir zwei Trunkenbolde, die sich schon bald nach unserem Eintreffen auf den Heimweg machten. Wir folgten ihnen und in einer dunklen Gasse fielen wir über sie her. Ihre Motorik war vom Alkohol beeinträchtigt und das nutzten wir natürlich aus. Die leichte Beute schrie nicht einmal als wir sie packten und unsere Zähne in ihre Hälse schlugen, damit wir ihre Leben beenden konnten. Im Anschluss daran suchten wir einen weiteren Pub auf. Das Spielchen spielten wir eine ganze Weile und genossen es Menschenleben zu beenden nur, weil wir es konnten.

Doch schon bald kreuzten zwei merkwürdige Gestalten unseren Weg. Zunächst kam eine Frau auf uns zu, die bei genauerem Hinschauen als Nicolais Opfer, dass er zum Vampir machen wollte, identifiziert werden konnte. Doch im Schatten hinter ihr ging noch eine weitere Person, es war offensichtlich ein Mann, der etwas in einem Tuch mit sich trug. Nicolai ging auf die Frau zu und begrüßte sie. Nach einer kurzen Unterhaltung verschwanden die beiden in eine dunkle Gasse, etwas weiter entfernt. Der Mann im Schatten schlich immer hinter den beiden her. Das Ganze kam mir ein wenig seltsam vor und ich beschloss mich in einen Raben zu verwandeln und das Geschehen weiter zu beobachten. Nicolai und sein Opfer befanden sich in der Gasse und unterhielten sich eine Weile, dann begannen sie sich zu küssen. Gerade als er dabei war ihren Hals, mit seinen Zähnen abzutasten, näherte sich der Mann aus dem Schatten mit gezogenem Pflock. Der Mondschein warf für einen Augenblick einen Lichtschein in die Gasse und das Gesicht war zu erkennen. Es war Casketville. Ich begann meinen Abstieg und setzte lautlos hinter ihm auf. Er war gerade dabei auszuholen und wollte Nicolai in den Rücken schlagen. Doch dazu kam es gar nicht, in dem Moment in dem Casketville seine Waffe auf Nicolai niedersausen ließ, packte ich ihn am Rücken und schleuderte ihn gegen eine nahe gelegene Hauswand. Doch es hatte nichts gebracht, da Nicolai bereits mit einem kleineren Pflock in der Brust auf dem Boden vor mir lag. Ich sah mich nach der Frau um, doch sie war nicht mehr aufzufinden. Dann beugte ich mich zu Nicolai herunter und flüsterte ihm zu: „Es tut mir so leid, mein Freund.

Ich habe noch versucht Casketville, der sich von hinten anschlich aufzuhalten, doch ich habe nicht berücksichtigt, dass sie ebenfalls einen Pflock haben könnte. Es tut mir so leid."

Mit letzter Kraft flüsterte er zurück: „Du wirst langsam zu gefühlsduselig, mein Lieber. Aber dir sei verziehen, du konntest nicht ahnen, wer sie ist und sogar ich habe es nicht zu erkennen vermocht. Ich habe einen letzten Wunsch, in meinen Jahren als Vampir habe ich oft darüber nachgedacht und bin nie zu einem Entschluss gekommen. Aber jetzt, da es dich gibt, habe ich eine Entscheidung getroffen. Werde mein Nachfolger. In meinem Leben habe ich viele Vampire erschaffen und ich habe viele sterben sehen. Und keiner von ihnen, nicht ein einziger hätte mein Nachfolger werden können und ich bin davon überzeugt, dass es am besten ist, wenn der stärkste der Starken die Führung über die Vampire im Namen des Fürsten übernimmt. Und jetzt ist es an der Zeit für mich heimzugehen, endlich ... nach über tausend Jahren ... bis in alle Ewigkeit."

In diesem Augenblick rann eine Träne aus seinen Augen und sie war blutrot. Als ich zum Firmament hinaufsah, fiel ein Stern hinab. Es war der hellste Stern. Doch sobald er gefallen war, leuchtete ein bereits existierender Stern heller als alle anderen. Ich murmelte vor mich hin: „Jetzt bin ich der Herr. Ich bin der ... Morgenstern."

Und der Mond verfärbte sich an einer einzigen Stelle rot, sodass es aussah als würde er weinen und mein Herz weinte mit ihm. Denn zum zweiten Mal hatte ich meinen Vater verloren. Von meiner rasenden Wut getrieben, drehte ich mich um und entdeckte Casketville auf dem Boden liegen. Er erlangte gerade das Bewusstsein wieder und nahm seinen Pflock erneut in die Hand.

„Dass wirst du mir büßen Vampir. Jetzt werde ich dich direkt in die ewige Finsternis schicken.", ließ er verlauten.

Dann stürmte er auf mich los und riss seine Waffe in die Höhe, um sie anschließend auf mich niederrasen zu lassen. Doch ich wich seinem Schlag blitzschnell aus und versetzte ihm einen Fausthieb, der ihn ein weiteres Mal gegen die Wand fliegen ließ.

„Das kommt davon, wenn man die Herrscher der Welt erzürnt.", belehrte ich ihn.

„Herrscher der Welt. Dass ich nicht lache. Wir sind immer noch die Krone der Schöpfung. Und ich werde dir schon noch Respekt beibringen. Den Tod meiner Schwester werde ich ebenfalls rächen."

„Ah ja. Deine Schwester. Ihr Blut war so süß wie ihre Küsse und ihre Erregung. Es war herrlich ihren Körper zu entweihen.", ich fügte meinen Worten noch ein bitterböses Lächeln hinzu, um seine Wut zu steigern.

Es gelang mir auch sehr gut, da er durch seine Wut nur noch schnauben konnte. Ich wollte den Kampf so schnell wie möglich beenden, da es mich zu langweilen begann. Und ich wollte Nicolai endlich nach Hause zum Fürsten bringen. Also ging ich auf Casketville zu und als er versuchte mich mit dem Pflock anzugreifen, blockte ich seinen Schlag mit meinem Arm ab. Es war unglaublich schmerzhaft, da die Spitze tief in mein Fleisch schnitt. Doch als sie in meinem Arm steckte, schaffte ich es ihm den Pflock zu entreißen. Dann näherte ich mich ihm mit schweren und entschlossenen Schritten. Das Stück Holz ließ ich auf dem Weg zu ihm fallen. Das kleine Menschlein, dass sich so groß und stark gefühlt hatte wurde auf einmal so klein und schwach. Mit großen Augen sah er mich an und merkte nicht, dass er auf einmal mit dem Rücken zur Wand stand. Als Casketville keine Möglichkeit mehr hatte mir auszuweichen, packte ich ihn, hob ihn hoch und hielt ihn gegen die Wand.

„Und nun mein Lieber, werde ich dein armseliges Leben beenden. Freue dich und danke mir, denn jetzt ist es aus und vorbei. Nun ereilt dich die allmächtige Gerechtigkeit des Todes, vor der sich niemand verstecken kann. Ich habe Nicolai geliebt wie einen Vater und sein Tod wird gerächt werden. Ich wünsche dir angenehmes Sterben. Grüß mir den Fährmann."

Anschließend legte ich die Finger auf seinen Mund und flüsterte: „Gute Nacht, mein Kind."

Ich versenkte meine Zähne in seinem Hals, bis mein Durst gestillt war. Es dauerte nicht lange und er war immer noch am Leben, also nahm ich den Pflock und schlug ihn durch seinen Körper. Als ich von ihm abließ, hing er immer noch an der Wand, es sah aus, als wäre er an einem Nagel auf gehangen worden. Ich genoss einen Augenblick lang den Anblick des toten Casketville, doch dann wandte ich mich Nicolai zu.

Ich beugte mich zu ihm runter und richtete meinen Blick gen Himmel, dann stieß ich einen lauten, furchteinflößenden Schrei aus. Das tat ich so lange bis sich noch andere Vampire einfanden. Und in meinen Trauergesang einstimmten. Im Anschluss daran trugen Aki, Leif und ich seinen Leichnam auf den Friedhof. Auf dem Weg dorthin säumten hunderte von Vampiren, die in schwarze Kutten gehüllt waren die Straßen. Als wir in die Gruft kamen, legten wir Nicolai in seinen Sarg.

# Kapitel 16

In der nächsten Nacht brachten wir Nicolais Leichnam ins Reich der Finsternis.

Zu meiner Überraschung wusste der Fürst bereits von Nicolais Tod. Nachdem wir den Leichnam in die Kapelle getragen hatten, begab ich mich in den Thronsaal um mit dem Fürst zu reden.

„Sei gegrüßt mein Fürst.", eröffnete ich das Gespräch und kniete vor ihm nieder.

„Sei gegrüßt Samuel. Erhebe dich. Was gibt es?"

„Nun, ich wollte mich für meine Inkompetenz entschuldigen. Ich hätte damit rechnen müssen, dass die Frau ebenfalls bewaffnet war. Es tut mir leid, mein Fürst."

Er kam auf mich zu und klopfte mir auf die Schulter, dabei sagte er zu mir: „Ist schon gut, mein Sohn. Du kannst nichts dafür. Immerhin hast du Casketville zur Strecke gebracht. Ich habe dein Zimmer vorbereiten lassen. Du wirst einige Tage hier in der Burg verbringen und einen Tag nach der Beerdigung wird deine Einweihung stattfinden. Auch wenn das ungewöhnlich ist. Doch es ist notwendig, dass so schnell wie möglich ein neuer Erzvampir ernannt wird. Und da es Nicolais letzter Wunsch war, dass du sein Nachfolger wirst, wirst du noch etwas hierbleiben müssen.", erklärte er mir.

„Warum ist es so wichtig, dass es so schnell wie möglich einen Nachfolger gibt?"

„Nun, die Jäger haben zwar ein wichtiges Mitglied verloren, aber Casketville hatte Familie. Wer weiß, auf was für Gedanken die in der Zwischenzeit kommen. Der Krieg ist keinesfalls vorbei, die heiße Phase hat gerade erst begonnen. Es ist wichtig jegliche Jägeraktivitäten im Keim zu ersticken und so schnell wie möglich das Buch und die letzten Nachkommen von Casketville zu finden und zu töten. Nun geh auf dein Zimmer und ruhe dich aus.

Als ich erwachte, begab ich mich zu meinem Schrank, um mich anzukleiden. Ich sah, dass jemand eine weitere Rüstung hineingestellt hatte. Diese Rüstung war nicht blau, wie die Erste. Sie war schwarz und hatte einen blauen Umhang. Neben ihr stand ein Schwert, dass genau wie das von Nicolai aussah. Als ich mich etwas in meinem Zimmer umsah, entdeckte ich an der Tür einen Zettel, der dort mit einem Messer befestigt war.

Darauf stand:

*„Sei gegrüßt mein Sohn. Du hast eine neue Rüstung in deinem Schrank stehen. Da du von nun an Nicolais Nachfolger bist, sollst du auch eine gebührende Rüstung bekommen. Nicolai hatte die gleiche, sie soll dich im Kampf beschützen und ein Zeichen dafür sein, dass du über den anderen stehst. Trage diese Rüstung während deiner offiziellen Ernennung."*

Ich zog mir die Rüstung an und machte mich auf den Weg in den Thronsaal. Der Fürst wartete bereits auf mich und begrüßte mich freundlich: „Sei gegrüßt mein Sohn. Du bist endlich erwacht. Gerade rechtzeitig für die Ernennung. Folge mir auf den Balkon."

Ich tat wie mir geheißen wurde und folgte dem Fürst auf einen großen Balkon. Als ich hinuntersah, konnte ich tausende von schwarzen Wesen entdecken.

Der Fürst trat an die Brüstung und sprach zu der Menge: „Seid gegrüßt Bewohner des Reiches der Finsternis. Wir sind heute hier um Nicolais Nachfolger zu verkünden. Ich weiß, dass es noch nicht lange her ist das wir Nicolai begraben haben, aber ich denke, dass ihr meiner Meinung seid, dass wir so schnell wie möglich einen Nachfolger finden. Es war sein letzter Wunsch und ich bin stolz euch zu den Namen des neuen Erzvampirs zu verkünden. Sein Name ist Samuel Blackgraves!" Das Volk jubelte auf und feierte mich, als ich in den Vordergrund trat. Der Fürst deutete an, dass ich mich hinknien sollte.

Anschließend nahm er sein Schwert und schnitt mir ein Zeichen in den Nacken, der nicht von der Rüstung bedeckt war, da ich den Helm nicht trug. Nachdem er das getan hatte, sagte er zu mir: „Du darfst dich erheben."

Das Volk applaudierte als ich mich aufrichtete und meinen Arm zum Gruß in die Höhe reckte.

„Und was wirst du jetzt tun?", fragte mich der Fürst.

„Erstmal werde ich wieder in die Welt der Sterblichen zurückkehren, um unser Territorium gegen die Jäger zu sichern. Und natürlich um Nicolais Tod zu rächen und diesen Krieg endlich zu beenden!"

„Nun gut. Aber erst wird gefeiert.", sprach der Fürst.

Im großen Ballsaal lagen mehrere Menschen, deren Körper an einigen Stellen, wie z. B. den Armen, den Beinen und an manchen Stellen des Rückens, geöffnet waren. Der ganze Saal war von einem leichten, aber dennoch unheimlichen Nebel erfüllt. Überall in dem Saal standen mehrarmige Kerzenständer, die mit schwarzen, wohlduftenden Kerzen bestückt waren. Und obwohl Vampire keinen Alkohol tranken, standen überall Weingläser auf einigen kleinen Tischen. Offensichtlich waren die Gläser für das Blut vorgesehen, dass man von den vorhandenen Opfern abzapfen konnte. Die Menschen waren nicht nur teilweise geöffnet, sondern hatten auch kleinere Zapfhähne in den Wunden. Selbstverständlich befanden sich in den anderen Räumen ebenfalls diese so genannten Zapfanlagen.

Als ich den Saal betrat, war das Fest bereits in vollem Gange. Ich wanderte durch die Burg und begutachtete die Arbeit von Guinevere, die dieses Fest ausgerichtet hatte.

Ich war sehr zufrieden und auch mit der Dekorierung hatte sie genau meinen Geschmack getroffen. Sie hatte alles genau so herrichten lassen, dass es meine Persönlichkeit widerspiegelte.

Mit der Zeit kamen immer mehr Vampire, von denen ich nicht viele kannte, aber Guinevere hatte mir versichert, dass alle Anwesenden ausschließlich hohe Vampire waren und Freunde von Nicolai. Neben Colin, Aki und Leif, lernte ich an diesem Abend noch einige andere Vampire kennen. Als Erstes wurde mir James vorgestellt, er war einer der ersten Vampire, die Nicolai in England erschaffen hatte. James und ich unterhielten uns ein wenig über Nicolai. Dabei erfuhr ich, dass er ursprünglich aus Irland kam und Nicolai durch einen Zufall kennen lernte. Einst war er ein wohlhabender Händlersohn gewesen, der dem Alkohol nicht abgeneigt war und oft in Schlägereien geriet.

An einer Schlägerei in Liverpool war auch Nicolai beteiligt gewesen und er war es auch der James sozusagen das Leben rettete. Einige Betrunkene hatten einen Streit mit James angefangen und da dieser selbst nicht mehr Herr der Lage war, ließ er sich zu einer Schlägerei hinreißen. Diese artete dann, soweit aus, dass jemand die Stadtwache rief und da James nicht eingesperrt werden wollte, nahm er Reißaus und lief durch die Stadt, um sich zu verstecken.

Auf dem Weg in ein geeignetes Versteck musste James über eine Brücke laufen. Als er die Brücke zur Hälfte überquert hatte, kam ein seltsam gekleideter Mann auf ihn zu und ehe James wusste wie ihm geschah packte ihn der Mann am Hals und zog einen Dolch, welchen er James an den Bauch hielt.

Der Mann zischte: „Du sagst keinen Mucks, mein Freund. Haben wir uns verstanden?"

James nickte ängstlich. Der Mann schnitt ihm seinen Geldbeutel, den er immer an seinem Gürtel trug ab und rammte den Dolch einige Zentimeter in James' Bauch. Dann schleuderte er James über das Brückengeländer in den Fluss.

Im Fluss tauchte plötzlich eine weitere Person auf, die James allerdings rettete. Diese Person war Nicolai, der ihm nach der Schlägerei gefolgt war. Der Erzvampir nahm ihn mit an einen sicheren Ort, wo er ihn dann schließlich konvertierte.

Ich unterhielt mich noch eine Weile mit James, der allerdings schon bald in eine andere Unterhaltung vertieft war. Ebenso wie ich, denn kaum hatte ich ihm den Rücken gekehrt kam Guinevere mit einer weiteren Vampirin auf mich zu.

Sie hieß Maria und kam aus Deutschland. Sie war eine Schöpfung Guineveres und wir unterhielten uns auch eine Weile, bis ich jedoch das Gespräch abbrach, da mein Blutdurst gestillt werden wollte. Zuguterletzt lernte ich noch einige andere Vampire kennen, deren Namen ich aber im Laufe der Zeit vergaß und ich ihnen nie wieder persönlich begegnete.

Irgendwann in dieser Nacht tanzte ich auch noch mit Guinevere.

„Es freut mich, dich nach langer Zeit wieder zu sehen.", eröffnete ich ihr.

„Ich bin auch sehr erfreut darüber. Auch wenn die Umstände gerne schönere sein dürften. Doch, ich hoffe, dass wir unseren letzten gemeinsamen Abend nun fortführen können."

Ihr Lächeln verzauberte mich.

Nach dem Tanz begaben wir uns nach draußen in den Garten und von dort aus gingen wir zu der Mauer, die am Rand des Gartens lag, und sahen auf die Landschaft hinaus.

„Was machst du jetzt eigentlich, wo Nicolai tot ist?", fragte ich sie.

Sie sah mich mit großen Augen an und antwortete: „Dass was ich vorher auch schon gemacht habe. Ich werde durch die Welt ziehen und Menschen aussaugen. Außerdem gibt es immer etwas zu tun. Nicolai hat mich zum Beispiel damit beauftragt, die Todesfälle von Frankreich zu verwalten. Aber im Moment gibt es dort nicht viel Arbeit, die Revolution ist ja vorbei. Zunächst werde ich aber mit einem Freund von mir die Welt bereisen. Warum fragst du?"

„Nun, ich versuche einen Plan auszuarbeiten wie wir am schnellsten den Jägern den Gar ausmachen. Nicht nur, dass Nicolai gerächt werden muss. Wenn die Jäger wirklich das Buch haben, müssen wir alle Casketvilles bis auf den Letzten ausrotten."

„Das stimmt natürlich. Vielleicht kann ich dir ja behilflich sein, wenn ich ohnehin auf der Welt unterwegs bin, kann ich ja auch meine Augen offenhalten, ob irgendwo noch weitere Informationen oder Legenden zu dem Buch oder den Casketvilles auftauchen."

„Die Idee ist gut. Ich möchte zwar bezweifeln, dass du außerhalb der englischsprachigen Welt fündig wirst. Aber die Jäger sind ja weltweit aktiv und die Casketvilles scheinen eine besondere Rolle unter ihnen einzunehmen. Also gut, halte du Ausschau."

Guinevere nahm meine Hand und führte mich durch den Garten.

„Weißt du Sam, seit unserem letzten gemeinsamen Abend bist du mir nicht mehr aus dem Kopf gegangen. Egal, was ich auch versuchte, immer wieder kehrten meine Gedanken zu dem Abend in Cornwall zurück. So etwas ist mir noch nie passiert, seitdem ich zum Vampir wurde."

Ihr Blick wanderte durch den Garten, verweilte kurz in meinen Augen und blieb schließlich bei dem ewigen Sonnenuntergang stehen, den man von hier aus sehen konnte.

„Es muss herrlich bei diesem Anblick etwas zu fühlen.", sagte sie verträumt. Ich drehte mich zu ihr und sah Guinevere in die Augen.

„Manchmal, frage ich mich wie es ist etwas zu fühlen. Da mein letztes Gefühl schon sehr lange zurückliegt und im Laufe der Jahre habe ich vergessen, wie sich ein richtiges Gefühl anfühlt, wie es ist Liebe zu fühlen oder Freude.", fuhr sie fort während unsere Augen beieinander verharrten. Das tiefe, leuchtende Schwarz lud mich regelrecht ein. Ich nahm ihren kalten Körper in den Arm und presste meine Lippen auf ihre. Wieder durchfuhren elektrische Stöße meinen Körper und ich merkte auch wie Guinevere immer wieder leicht erschauerte.

„Kannst du das fühlen?", fragte ich sie nach dem intensiven Kuss.

Unsicher sah sie sich um und nickte dann zögerlich.

„Es ist ok. Ich weiß nicht wie das passiert oder was hier passiert. Aber es fühlt sich gut an für mich.", versuchte ich sie zu beruhigen.

„Für mich fühlt es sich auch gut an. Aber ich verstehe es nicht. Wir können doch nichts fühlen. Und seit ich ein Vampir bin habe ich so etwas auch noch nie empfunden. Das kann doch nicht richtig sein."

„Weshalb sollte es falsch sein? Wir beide fühlen etwas. Und dazu noch ist es noch etwas Angenehmes. Dann kann es doch nur etwas Gutes sein."

„Gefühle verleiten uns aber zur Schwäche. Und wenn wir schwach werden, können wir unser Überleben nicht mehr sichern. Die Jäger werden auf diese Weise den Krieg gewinnen."

„Das muss nicht so sein. Gefühle können auch Kraft geben und Rückhalt."

Ich küsste sie abermals, diesmal mit all meiner Leidenschaft, die ich für sie empfand. Mein Körper glühte vor Wärme und Elektrizität. Nach dem Kuss fühlte sich meine Geliebte nicht mehr so kalt an wie noch Augenblicke zuvor.

„Siehst du? Es kann auch schön und gut sein etwas zu fühlen. Darüber hinaus hast du sicherlich auch gemerkt, welche Kraft hinter einem einzigen Kuss stecken kann. Nun stelle dir vor, welche Kraft hinter einer unendlichen, tiefgehenden Liebe stecken kann."

„Aber wie sichert man mit der Liebe den Fortbestand unserer Art?"

Meine Arme schlangen sich fester um Guinevere und ich begann erneut sie mit all meiner Leidenschaft zu küssen. Unsere Körper heizten sich auf und langsam legte ich sie auf den Boden im Garten. Behutsam legte ich mich daneben und setzte das Küssen fort. Von ihrem Mund wanderte ich ihren Hals entlang bis zu ihren Ohren. Sanft knabberte ich an den Ohrläppchen und ließ meine Lippen weiter an ihrem Hals hinunter wandern. Ihr Atem wurde schwerer und die Elektrizität brachte sie förmlich zum Kochen. Ihre Wangen röteten sich langsam. Mit sanfter Gewalt befreite ich Guinevere aus ihrem Kleid und liebkoste ihre Brust. Dabei richteten sich ihre Brustwarzen vorsichtig und langsam auf. Eine

Gänsehaut breitete sich auf ihrem Körper aus. Aus Guineveres Atem wurde ein sanftes Stöhnen. Die Küsse blieben nicht auf ihrer Brust stehen, sondern ich fuhr ihren Bauch entlang bis hinunter über den Venushügel zwischen ihre Beine. Das Stöhnen wurde intensiver und auch ich konnte meine Erregung nicht mehr zurückhalten. Wir wälzten uns im Gras hin und her während wir uns weiter küssten, bis ich in sie eindrang. Meine Bewegungen wurden immer rhythmischer und Guinevere passte sich diesem Rhythmus an. Die Spannung in meinem Körper hätte gefühlt Tausend Sonnen mit Energie versorgen können und auf dem Höhepunkt brach eine Supernova in meinem Körper aus. Auch Guinevere konnte nicht fassen, was soeben geschehen war.

Wir lagen im Gras nebeneinander und unsere Körper glühten rötlich.

„Wenn sich so Liebe anfühlt, dann liebe ich dich Samuel."

Mit einem Grinsen im Gesicht drehte ich mich zu ihr und blickte in ihre Augen.

„Ich liebe dich auch, Guinevere."

So blieben wir ineinander verschlungen gemeinsam noch eine Weile auf dem Rasen liegen und sahen gemeinsam in den rötlich glühenden Himmel.

„Du hast mir die Möglichkeit gegeben nach über 300 Jahren wieder etwas zu fühlen. Lass mich dir nun einen Teil meiner Welt zeigen."

Sie nahm meine Hand und wir hüllten uns beide in eine schwarze Robe, die wir uns von einem Diener aus meinem Zimmer bringen ließen. Dann verwandelten wir uns in Raben und machten uns auf den Weg nach

Frankreich, wo Guinevere lebte. Wir gingen über einen Friedhof in Paris. Als wir in die dunkelste Ecke des Friedhofes kamen, wurde ich angenehm überrascht. In diesem Teil des Friedhofes waren gewiss sechs Vampire versammelt. Sie alle waren in feinste Kleider gehüllt und sie waren so aufgemacht, als wollten sie auf einen Ball gehen. Einer von ihnen hatte eine Geige und ein Anderer ein Cello dabei. Kaum begannen sie zu spielen, packte mich Guinevere am Arm und sie begann zu tanzen, so wie die anderen auch. Zu der Musik ertönte noch eine liebliche aber auch dämonische Stimme und sang ein schaurig schönes und auch trauriges Lied. Ich ließ meine Gedanken einfach fallen und gab mich ganz Guineveres Führung hin. Zu Beginn glitten wir einfach nur über den Boden und drehten uns im Tanz. Der Tanz wurde immer leidenschaftlicher und die Musik versetzte mich in eine Art Rausch. Meine Sinne waren vollkommen von diesem Rausch benebelt und ließ die Musik die Kontrolle übernehmen. Guinevere und ich hoben langsam vom Boden ab und schwebten nun über den Friedhof. Die Welt um mich herum schien nicht mehr zu existieren und nichts mehr zu bedeuten. Alles lag in weiter Ferne, meine Trauer, mein Schmerz, Nicolais Tod, der Fürst, die Gedanken an meine Eltern und mein eigener menschlicher Tod. All das war bedeutungslos, zumindest für den Augenblick.

Guinevere und ich schwebten immer höher, bis wir schließlich den Friedhof und die anderen hinter uns ließen. Doch die Musik und der Gesang verblieben weiterhin in unseren Ohren. Der Mond schien hell und die Sterne waren unser einziges Publikum. Ich genoss den Augenblick.

Verloren in Tanz und küssen, tanzten wir die ganze Nacht durch und als die ersten Strahlen des goldenen Tods über das Land krochen, beendeten wir den Tanz und legten uns auf dem Friedhof, in ihrer Gruft schlafen.

# Kapitel 17

Das Leben auf der Erde ohne Nicolai kam mir zunächst traurig und bedeutungslos vor. Die schönen Erlebnisse mit Guinevere am Abend seiner Beerdigung hatten mir zwar neuen Mut für das ewige Leben gegeben. Aber es tat irgendwie immer noch weh meinen Erschaffer verloren zu haben. Die üblichen Spielchen, die wir so getrieben hatten, um uns die Zeit zu vertreiben und das Blutsaugen interessanter zu gestalten erschienen mir lächerlich und belanglos. Wann immer ich Durst bekam suchte ich mir ein Opfer, erledigte es schnell und ließ die Leiche unauffällig verschwinden. Vom Pragmatismus getrieben hatte ich nur ein Ziel vor Augen. Die Erlösung der Vampire voran zu treiben und jeden einzelnen Casketville auszurotten. Falls überhaupt noch welche von denen leben sollten. Guinevere war, wie sie bereits geplant hatte mit einem alten Freund auf den sieben Weltmeeren unterwegs. Akribisch studierte ich in meiner Kammer auf dem Friedhof in Hull die Namen der Toten, die jeden Tag neu hinzukamen. Immer in der Hoffnung, einen Hinweis auf die Casketvilles zu finden. Doch sie schienen sich auf und davon gemacht zu haben, da der Name nicht einmal wiederauftauchte und auch in anderen Zusammenhängen konnte ich nichts über sie herausfinden. Aki und Leif waren mir eine große Hilfe, indem sie Spione rekrutierten, die unsere Augen und Ohren in England und Europa waren. Doch nirgends war eine Spur von dem Buch und erst Recht nicht von der verfluchten Familie.

Eines nachts erreichte mich ein Brief:

*Liebster Samuel.*

*Ich hoffe dieser Brief erreicht dich schnell. Seit jener Nacht im Garten des Fürsten kann ich beinahe nur noch an dich denken. Mein Herz verzehrt sich nach deiner Nähe und bist du nicht bei mir so fühlt es sich an als wolle es in meiner Brust zerspringen. Du hast meine gesamte Existenz auf den Kopf gestellt und mich unter einen Zauber oder Bann gestellt. Doch auch, wenn ich hauptsächlich an dich denke, ist es mir gelungen einigen Gerüchten auf die Spur zu kommen. Die Reise mit meinem alten Bekannten Kapitän Gilette hat uns mittlerweile nach Nordamerika geführt. Hier in der noch jungen Nation gibt es zahlreiche Glücksritter, die von unbegrenzten Möglichkeiten träumen. Auch wenn man vom ursprünglichen, religiös geprägten Staat nicht mehr viel merkt, sind immer noch Spuren der englischen Siedler hier zu finden. Und auch ein Teil der alten Kultur und Mythologie hat es geschafft hier zu überleben. In einer Stadt namens Boston habe ich eine alte Inschrift entdeckt, die von einem Wesen spricht, dass nur in der Nacht auf Jagd geht und sich von Menschen ernährt. Bei meinen Nachforschungen bin ich auf weitere Legenden von Vampiren gestoßen und tatsächlich auch auf einige Gerüchte was ein Heilmittel betrifft. Ob es sich hierbei um das Buch oder einen Abkömmling der Casketvilles handelt konnte ich jedoch nicht erörtern. Vielleicht gelingt es dir ja, solltest du hierherkommen und dich der Sache annehmen. Wir werden erst einmal hier in Boston bleiben und auf eine Antwort oder weitere Anweisungen von dir warten.*

*In Liebe,*

*Guinevere*

Erfreut über diese Nachrichten machte ich mich sofort mit einer Horde der besten Kämpfer, die ich mir denken konnte und einigen Freunden von Nicolai auf den Weg nach Boston. Der Winter in diesem Teil Nordamerikas war sehr streng. Ich zog meinen Kragen hoch und machte mich auf den Weg zu dem Friedhof, auf dem wir die nächste Zeit schlafen würden. Gilette ging vor und die anderen gingen entweder hinter mir oder neben mir her, so wie James.

„Weißt du, wie weit es noch ist?? Ich glaube am Horizont geht die Sonne langsam auf.", fragte mich der Ire.

Ich sah ihn ratlos an und sagte: „Tut mir leid, aber ich bin hier noch nie gewesen, da musst du schon Gilette fragen."

James sah mich fragend an und beschleunigte dann seinen Schritt, um zu Gilette aufzuschließen. Ich atmete derweil die salzige und sehr kalte Luft ein, aber ich genoss es. Der Kapitän führte uns in eine große Krypta, in der mit Sicherheit hundert Vampire Platz hatten, aber wir waren ja nur eine Hand voll. Die Mannschaft von Gilette blieb die ganze Zeit über auf seinem Schiff, da nach einer so langen Reise einiges an Wartungsarbeiten zu erledigen ist.

In der Krypta saß Guinevere auf einem der Särge und schloss mich in ihre Arme. Ich gab ihr einen Kuss und sie genoss die Wärme, die uns dabei durchflutete.

181

„Endlich sehen wir uns wieder, Geliebter."

„Ja, endlich. Und wenn alles gut läuft, können wir uns bald der Jäger entledigen und endlich in Frieden leben. Dann werden wir es auch schaffen mehr Zeit zusammen zu verbringen."

„Die Spur, die ich entdeckte hat mich in einen Pub geführt, der hier von ein paar irischen Auswanderern betrieben wird. Leider habe ich immer noch keine genaueren Informationen bekommen können, da die Iren sehr misstrauisch gegenüber Fremden sind."

„Gut, dass wir unseren James dabeihaben. Er kann sich ja dann mal direkt bei den ortsansässigen Iren umhören und die Gemeinschaft ausspionieren. Aber zunächst sollten wir uns erstmal von den Strapazen der Anreise erholen. Als Rabe quer über den Ozean zu fliegen ist schon sehr anstrengend."

Mit diesen Worten legten wir uns bei Sonnenaufgang schlafen.

Der Tag verging sehr schnell und ich überlegte schon beim Aufstehen, was ich in dieser Nacht anstellen sollte. James hingegen brachte sich als Neuankömmling in der irischen Gemeinde ein. Ich beschloss zunächst meinen Durst zu stillen. Und so flog ich los.

Ich nahm die Gestalt des Raben an und machte mich daran die Gegend zu erkunden. Zunächst sah ich mir Boston aus der Luft an und stellte fest, dass die Stadt doch recht ansehnlich war. Dann flog ich ein wenig in Richtung Süden und ins Landesinnere. Neuengland war herrlich, die Wälder hatten es mir besonders angetan und der sternenklare Himmel, durch den ich flog, war einfach atemberaubend. Die Wälder sahen majestätisch, bedrohlich und dunkel aus, aber im gleichen Moment waren sie ebenfalls von großer Anziehungskraft und atemberaubender Schönheit. Ich beschloss mein Glück in einem kleinen Ort in der Nähe von Boston zu versuchen. Nachdem ich gelandet war und wieder Menschengestalt angenommen hatte, begab ich mich in einen Pub, der noch geöffnet hatte.

Das Lokal war total überfüllt und man hatte das Gefühl, dass die Wände jeden Moment nachgeben würden. Ich sah mich nach einem geeigneten Opfer um, mir war, egal ob es ein junger Mann oder eine junge Frau war. Aber da keine Frauen, außer der Bedienungshilfe, anwesend waren, musste ich mit einem Mann vorliebnehmen. Es waren hauptsächlich sehr starke Männer, die offensichtlich als Holzfäller oder Bergleute arbeiteten, im Pub. Einer fiel mir ganz besonders auf, er war groß, muskulös und hatte längeres, blondes Haar. Seine Augen waren so tief wie ein Fluss oder See und ich wollte am liebsten in ihnen versinken. Sein Körper war muskulös, aber seine Bewegungen wirkten wie die einer Frau, so anmutig und geschmeidig. Es dauerte zwar eine Weile, bis er den Pub verließ und in der Zwischenzeit waren schon mehrere hübsche Männer hinausgegangen, aber das war mir egal. Ich wollte ihn und niemand sonst, nicht an diesem Abend. Diese Nacht sollte ganz alleine ihm gehören. Als er in die, vom Schnee erleuchtete, Nacht hinaustrat folgte ich ihm leise und unauffällig. Ich schwebte fast über dem Boden, damit meine Schritte kein knirschendes Geräusch im Schnee machten. Er schlug einen einsamen und nicht beleuchteten Weg ein, der in das

Arbeiterviertel des Ortes führte. Der Mond war zwar nicht voll, aber er leuchtete trotzdem sehr hell. Ich konnte es kaum erwarten meine Zähne in sein Fleisch zu jagen und das süße, heiße Blut aus diesem Prachtkerl herauszusaugen. Aber noch waren wir inmitten von Häusern, die sich aber in ein paar hundert Metern lichteten. Als wir den Anfang des kleinen Waldstücks erreicht hatten, ging die Gier mit mir durch und ich sprang ihn von hinten an. Durch die Wucht meines Sprunges riss ich ihn zu Boden. Obwohl er so groß und stark war, hatte er keine Chance. Meine Augen nahmen nur noch schemenhaft wahr, was sich um uns herum befand, dafür konnte ich seine Adern umso klarer sehen. Ich wollte noch etwas Passendes zum Abschied sagen, aber ich konnte nicht mehr sprechen. Alles, was aus meinem Mund kam, waren Grunzlaute und ich schnaubte wie ein Raubtier. Der Jüngling wand sich am Boden hin und her, er kämpfte hart und verbissen. Schließlich schaffte er es, mich von sich zu werfen und die Flucht zu ergreifen. Allerdings machte er den Fehler in das Waldstück zu fliehen, dort waren wir ungestört und er konnte so laut schreien, wie er wollte, kein Mensch würde ihn hören. Blitzschnell jagte ich ihm nach und holte ihn innerhalb weniger Augenblicke ein. Erneut brachte ich ihn zu Fall, aber diesmal brach ich ihm die Beine, so konnte er nicht mehr fliehen. Der Jüngling schrie wie am Spieß und seine Schreie steigerten meine Erregung. Ich versenkte nun meine Zähne in seinem muskelbepackten Hals und genoss jede Sekunde. Das feste, straffe Fleisch gab nach, sobald ich mit meinen Zähnen durch die Muskelfasern brach. Und sein Blut war noch viel süßer als ich es mir

184

je hätte vorstellen können. Der Moment meines Triumphes war der seines Todes. Langsam aber sicher hatte ich alles Blut aus dem Mann gezogen und er wurde immer bleicher und schwächer. Er alterte rasend schnell. Doch er war immer noch am Leben und dann kurz bevor das Blut kalt wurde, merkte ich ein leichtes, letztes Aufbegehren seiner Muskeln, doch es war nicht viel mehr als ein Zucken. Dann wurde das Blut immer kälter und ich ließ von ihm ab. Der Schnee unter ihm war rot, ebenso wie mein Mund. Der Mond schimmerte leicht durch die Bäume und der Schnee reflektierte sein Licht, ein wenig. Ich sah auf den Leichnam hinab und begutachtete mein Werk, währenddessen fing es an zu schneien. Es war ein herrliches Bild; der Schnee, das Blut, der Mond und die Leiche. Das Bild glich einer Symphonie des Todes. Doch plötzlich wurde die Stille unterbrochen und man hörte einige Reiter nahen. Ich wollte mich schnell aus dem Staub machen, damit mich niemand sehen konnte, doch als ich in die Luft emporstieg entdeckte ich eine kleine Gestalt, die nur wenige Schritte vom Ort des Geschehens entfernt stand. Mein erster Gedanke war, dass ich nochmal runter müsse, um sie ebenfalls zu töten. Doch dazu war es bereits zu spät, die Reiter hatten den Tatort schon erreicht.

Ehe ich mich versah, war es bereits Morgen und ich wurde zu einem Raben. Die Sonne blendete mich höllisch und das Licht brannte sehr, doch nach einigen Minuten hatten sich meine Augen einigermaßen an das Licht gewöhnt. Bei Tageslicht war Neuengland ebenfalls sehr schön und die Wälder wirkten immer noch dunkel. Doch schon bald übermannte mich die Müdigkeit und so machte ich mich auf den Weg zurück zum Friedhof und legte mich dort schlafen.

# Kapitel 18

James blieb mehrere Tage und Nächte verschollen. Vermutlich hatte er sich gut in der irischen Gemeinschaft eingelebt und wollte seine Tarnung nicht auffliegen lassen. Je mehr Zeit verstrich, desto ungeduldiger wurde ich allerdings. Die Versuche auf eigene Faust etwas herauszufinden, blieben weiterhin fruchtlos.

Eines nachts tauchte James plötzlich wieder in unserem Unterschlupf auf.

„Guten Abend, meine Brüder und Schwestern.", begrüßte er uns.

„Sei gegrüßt, mein Freund. Konntest du etwas herausfinden in der Gemeinde?", war meine erste Frage.

„Nun, die Iren hier sind tatsächlich sehr misstrauisch Fremden gegenüber. Einem Landsmann begegnen sie zwar offener und aufgeschlossener. Aber wirklich in irgendwelche Geheimnisse eingeweiht wurde ich nicht. Dafür war die Zeit wahrscheinlich auch zu knapp. Der Grund weshalb ich aber so überstürzt hier bei euch wieder eingetroffen bin ist folgender; aus New York sind einige Neuankömmlinge eingetroffen. Das Besondere dabei ist, dass sie alle irgendwie zusammengehören. So als wären sie Mitglied in einer Form von Sekte oder etwas in der Art. Sie tragen alle violette Mäntel und einer von ihnen soll immer wieder in Pubs auftreten und Leute von seiner Mission überzeugen. Worin diese Mission allerdings besteht weiß niemand so genau. Auffällig ist auch, dass er nur in Pubs auftritt, die in Orten liegen in denen es rätselhafte Todesfälle gegeben hat."

„Okay, das klingt doch schon mal gut. Ich weiß zwar nicht ob wir auf der richtigen Spur sind, aber wir werden uns diese violetten Kerle mal genauer anschauen. Vor ein paar Nächten habe ich in einem kleinen Ort ganz in der Nähe einen jungen Mann ausgesaugt. Die Leiche konnte ich nicht verschwinden lassen und ich bin mir sicher, dass sie entdeckt wurde. Also, wenn das für die Menschen hier kein rätselhafter Todesfall sein sollte, der sich unter vorgehaltener Hand herumspricht, weiß ich auch nicht. Daher schlage ich vor, dass wir dem Dörfchen einen Besuch abstatten. Damit das Ganze nicht so auffällt. Solltet ihr euch im angrenzenden Wald verstecken und ich begebe mich in den lokalen Pub. Falls diese Sektenmitglieder wirklich zu den Jägern gehören, gebe ich euch ein Signal und dann locken wir sie in einen Hinterhalt in den Wald. Dort können wir dann in Ruhe über sie herfallen und wenn dann noch der Casketville-Nachkomme dabei ist, wird der direkt getötet. Und dann hat sich das Thema mit den Jägern erledigt, wenn wir von Casketville erfahren wo das Buch ist.“

Mit diesem Plan waren alle einverstanden.

In der nächsten Nacht machten wir uns auf den Weg in das kleine Dorf, in welchem ich den Jüngling nur eine Nacht zuvor getötet hatte. Meine Kämpfer versteckten sich im Wald und ich begab mich ins Dorfzentrum, um den Pub aufzusuchen. Als ich dort ankam, standen einige Männer mit Fackeln, Spitzhacken und Mistgabeln bewaffnet, in der Mitte des Marktplatzes. Ich flog in eine unscheinbare Gasse und nahm dort Menschengestalt an. Dann ging ich zu den Männern, um herauszufinden, was los war. Einer von ihnen war in einen violetten Mantel gehüllt und trug ein seltsam geformtes Schwert bei sich. Irgendwie kam er mir bekannt vor, doch ich wusste nicht woher. Der Mann schien der Anführer zu sein, da er der Einzige war, der redete und um ihn herum standen zahlreiche weitere Männer in dunkelvioletten Mänteln. Die Sekte war bereits eingetroffen und hatte ihr Hetzprogramm scheinbar nicht mehr nur auf den Pub beschränkt.

„Männer dieses Dorfes! Hört mich an!! Ich weiß, dass es verrückt klingt was ich zu sagen habe, aber es entspricht der Wahrheit!", begann er seine Predigt.

„Was wollt ihr denn, Herr?!", rief ein Mann aus der Menge.

„Ich weiß, wer oder besser gesagt was den Mann vor einigen Tagen getötet hat! Und ich weiß ebenfalls, was man dagegen unternehmen kann und wie man dieses Wesen tötet! Es war nicht einfach nur ein Mensch, diese Tat wurde von einem mächtigeren Wesen vollbracht. Dieses Wesen kommt aus den Tiefen der Hölle und es tötet alles, was sich ihm in den Weg stellt oder auch nur in die Nähe kommt. Weder vor Frauen, Kindern, Alten oder Gebrechlichen macht dieses Wesen halt. Der Name dieses Wesens ist Vampir!!"

Die Männer sahen ihn mit skeptischem Blick an.

„Ammenmärchen können wir uns auch von jemand anderem erzählen lassen!", rief einer.

Ein anderer schrie: „Genau! Dafür müssen wir uns hier nicht zu Tode frieren!"

Ich konnte mich nicht beherrschen und musste einfach etwas dazu sagen und daher warf ich ihm Folgendes an den Kopf: "Wer bist du, dass du behaupten kannst Kenntnis von solchen Fabelwesen zu besitzen?!"

Während ich das sagte, bahnte ich mir meinen Weg durch die Menge, die mich dabei sehr seltsam anschaute, da mich niemand kannte. Als ich vorne bei dem Mann stand, der die großen Reden geschwungen hatte, sah er mich an und sagte voller Stolz: „Mein Name ist William Casketville. Und in unserer Familie ist es Tradition Vampire zu jagen. Jetzt fiel mir ein, an wen mich dieser Mann erinnerte. Er hatte eine gewisse Ähnlichkeit mit Brighton Casketville.

„Und woher stammst du?!", ich wollte sichergehen, dass es auch wirklich der Familie angehörte, die unter anderem für Nicolais Tod verantwortlich war.

Misstrauisch sah mich der Casketville Sprössling an und sagte schließlich: „Aus England. Ich bin in der Nähe von London aufgewachsen. Und ich werde alle Vampire, die mir über den Weg laufen töten. Und jetzt sag, warum interessiert es dich so brennend?"

Ich begann, dämonisch zu grinsen.

„Nun ich habe deinen Vater damals getötet. Auch neulich Nacht bin ich hier gewesen und habe den Jüngling getötet. Und was gedenkst du jetzt zu tun?", herausfordernd stand ich da und wartete auf die Reaktion von William. Er musste sich erst einmal sammeln und war den Tränen nahe.

„Ich werde dich töten, denn ich bin mit besonderen Kräften bedacht worden, so wie damals mein Vater und seine Jäger. Mit diesen

190

zusätzlichen Ressourcen sind wir beinahe so stark wie du.", nach diesem Satz hechtete er mit gezogener Klinge auf mich los und versuchte mich zu treffen. Doch ich wich ihm so schnell aus, dass er gar nicht bemerkte, dass er an mir vorbeilief. Einige Meter weiter blieb er dann schließlich stehen und sah sich verwundert um. Dann erst sah ich, dass sein Schwert ein langer und scharf angespitzter Pflock war.

„Was nützen dir solche Kräfte, wenn du nicht mit ihnen umzugehen vermagst?!", fragte ich ihn.

Aber er ging gar nicht auf meine Bemerkung ein und versuchte erneut mich zu treffen. Doch ich wich ihm wieder aus und schaffte es dieses Mal sogar ihm das Holzschwert aus der Hand zu nehmen.

„Und was nun?", fragte ich ihn als er wieder zu sich kam und sich umsah. Er war außer sich vor Wut, aber seine Begleiter hielten ihn zurück.

„Nun gut. Ich werde dir noch eine Chance geben mich zu töten, wenn du mich findest.", ich warf ihm das Schwert hin und verwandelte mich so schnell in einen Raben, dass es für das menschliche Auge nicht mehr wahrnehmbar war. Ich flog in das kleine Waldstück und platzierte mich auf einer kleinen Lichtung. Während ich mich von dem Dorf entfernte, hörte ich noch William rufen: „Verdammt! Wo ist dieser Bastard?! Wir müssen das ganze Dorf auf den Kopf stellen! Also los Männer! Kommt!" Doch die Männer des Dorfes lehnten dankend ab und verschwanden in ihren Häusern.

„Feiglinge!!!", schrie William, „Dann folgt mir meine Jäger! Beeilung! Wir haben nur bis Sonnenaufgang Zeit!", dann wurde es still und das Geräusch von Pferdehufen auf Stein machte sich im Dorf breit.

Derweil verweilten wir auf der kleinen Lichtung im Wald und im angrenzenden Unterholz, wo wir unseren Hinterhalt vorbereitet hatten. Es verging einige Zeit, bis ich wieder Geräusche vernahm. Sie waren ganz in meiner Nähe und ich rechnete fest mit den Jägern. Aber als ich den Geräuschen im Unterholz folgte, entdeckte ich, wie ein Schatten gebeugt dastand und etwas zu Boden sinken ließ. Vorsichtig näherte ich mich dem Schatten und als, ich nah genug war, um etwas zu erkennen, machte sich eine gewisse Enttäuschung in meinem Herzen breit. Es war keiner der Jäger, den ich da sah, sondern ein anderer Vampir, nämlich James. Er hatte sich mit einem Dorfbewohner in den Wald begeben und ihn dort ausgesaugt. Guinevere hatte sich ebenfalls etwas weiter vorne am Waldeingang mit einem Opfer befasst. Die beiden hingen die Leichen in die Bäume, um eine Fährte für die Jäger zu legen. Auch Maria hatte bereits im Dorf eine Fährte gelegt, die die Jäger schließlich in die Nähe des Waldes bringen sollte. Zufrieden stellte ich fest, dass sich James sehr genau an den Plan gehalten hatte. Wenige Augenblicke später hing die Leiche in der geplanten Position an einem Baum, auf der Lichtung. Es dauerte ungefähr zwei Stunden, bis die Jäger das Dorf durchkämmt hatten und sich auf der Fährte zum Wald befanden. Casketville schickte einen Stoßtrupp los, um die Lage zu sondieren. Sie ritten schnell und schrien laut ihren Schlachtruf in die Nacht hinaus.

Dann kamen sie an der Lichtung an und entdeckten die Leiche.

Einer von ihnen schrie: „Zeig dich du gottloser Mörder! Ich werde dich zur Strecke bringen!!"

Das war der Augenblick, in dem James und ich zuschlugen. Wir hatten uns im Unterholz versteckt und schnellten nun hervor. Ich riss einen Jäger von seinem Pferd und James nahm sich einen anderen vor. Mit unserem Opfer im Schlepptau verschwanden wir wieder im Unterholz. Der Anführer des Trupps war so überrascht von diesem Angriff, dass er nicht dazu kam, einen Pflock zu ziehen. Seine anderen Reiter und er ritten wild auf der Lichtung auf und ab, um die beiden verschwundenen Kameraden zu finden; vergebens. Ich rammte meine Zähne in das Fleisch des Jägers und ließ ihn ausbluten. Durch die Verzauberung war sein Blut ungenießbar geworden. Als er tot war, hob ich seinen leblosen Körper auf und sah zu James herüber, der den anderen Jäger ebenfalls hatte ausbluten lassen.

„Und jetzt werfen wir sie zurück zu den anderen, um sie zu erschrecken.", schlug ich vor.

James war damit einverstanden. Wir hoben also die beiden Leichen auf und warfen sie zurück. Die beiden Leblosen Flugkörper hatten eine solche Geschwindigkeit drauf, dass die Zweige und Äste, die ihren Weg kreuzten, zerbarsten.

Als ich den Aufschlag der beiden Leichen vernahm, rief ich: „Wie man in den Wald hineinruft, so schallt es auch wieder hinaus.", dem fügte ich ein grauenhaftes Lachen zu.

William konnte das nicht auf sich sitzen lassen und bließ nun vollends zum Angriff. Mit lautem Geschrei stürmte der Rest der Jäger unter Casketvilles Führung in den Wald. Auf halbem Weg zur Lichtung schlugen wir zu. Alle Vampire sprangen aus dem Unterholz oder aus Bäumen und stürzten sich auf die Angreifer. Es flogen Fäuste und Körperteile durch die Luft. Zwar waren die Jäger mit Schwertern ausgestattet, doch die Vampire brauchten keine Waffen um ihre überraschten Gegner in Stücke zu zerreißen. James stürzte sich auf einen Reiter und riss ihm förmlich den Kopf ab. Auch Maria ließ nichts anbrennen und bohrte ihren ausgestreckten Arm durch den Brustkorb eines Jägers, um ihm das Herz herauszureißen. Aki und Leif waren wie üblich dabei verwirrende Spielchen mit den Menschen zu spielen, bevor sie sie zerfleischten und kunstvoll in den Bäumen drapierten. Dem ein oder anderen Vampir fehlten hier und da ein Arm oder ein Bein, dennoch konnten sie sich weiterhin gegen die Menschen gut behaupten. Der Wald war von Schlachtrufen oder sterbendem Geröchel erfüllt. Blut spritzte immer wieder durch Luft und auch Organe flogen hin und her. William war inmitten des Schlachtengetümmels und stach mit seinem Schwertpflock einen Vampir nach dem anderen nieder. Schnell und relativ lautlos schlich ich mich an ihn heran, um ihn mit lautem Gebrüll aus dem Sattel zu reißen. Kaum lag er auf dem Boden stand er auch schon wieder auf seinen Beinen und hielt seine Waffe bereit.

„Ah, da bist du ja. Ich hatte mich schon gewundert wo du abgeblieben bist. Um ein Haar fürchtete ich, dass du Feigling dich aus dem Staub gemacht hast.", begrüßte er mich.

„Ich doch nicht. Aber wo ich dich gerade schon mal hier hab, Willie, sag wie geht's der Familie?"

Mit einem lauten Schrei ließ er sein Schwert in meine Richtung sausen und erwischte mich am linken Arm, während ich auswich.

„Gut, gut. Der kleine Mensch hat gelernt schnell zu sein. Aber das mit deinem Vater wirst du mir doch nicht etwa übelnehmen, oder?"

Und wieder flog ein wütender Hieb mit dem Pflock durch die Luft in meine Richtung und kam kurz vor mir auf dem Boden an. Dieses Mal war ich schnell genug ausgewichen.

„Jetzt bin ich aber mal dran.", spöttelte ich.

Meine Hände verwandelten sich in Klauen mit Rasiermesserscharfen Krallen an den Fingern und ich ließ einen Hagel aus Hieben auf ihn hernie, erregnen. Seine Kleidung hing in Fetzen von ihm. Hier und da trat ein wenig Blut hervor. Zwar hatte ich ihn gut erwischt, aber flink wie einer von uns konnte er sich vor schlimmeren Schäden retten.

„Ich werde meinen Vater rächen. Und wenn ich mit dir fertig bin, töte ich jeden Vampir, den wir auf der Erde finden."

„Der Apfel fällt nicht weit vom Stamm, ich merke schon. Zu schade nur, dass ihr im Prinzip keine Chance habt. Da kannst du mir auch gleich sagen, wo sich das Buch befindet aus dem ihr eure Kraft bezieht."

„Niemals werde ich dir den Ort verraten an dem das Grimoire meiner Familie versteckt gehalten wird. Ihr werdet alle noch sehen, was ich von eurem Krieg und eurer Mordlust habt."

Wieder versuchte er mich aufzuspießen, doch ich parierte seinen Hieb mit meinem Arm. Die Krallen schlugen sich tief in das Holz und der Pflock blieb an meiner Hand stecken.

„Nicht schon wieder.", raunte ich.

Verzweifelt schleuderte ich den Pflock hin und her bis William endlich los ließ. Mit ihm löste sich dann glücklicherweise auch der Pflock von der Hand. Im ersten Moment schmerzte es ungemein, doch so schnell wie er gekommen war, verflog dieser Schmerz auch wieder. Casketville lag unbewaffnet vor einem Baum, gegen den ich ihn geschleudert hatte. Gerade als er sich wiederaufrichtete und berappelte tauchte ich vor ihm auf. Panisch griff er nach einem weiteren Pflock, den er unter seinem Mantel versteckt hatte, doch ich schlug ihm das Holz aus der Hand.

„So mein Lieber. Nun ist das Spiel aus. Lass mich dir eines erklären. Wir wollen ebenfalls, dass dieser verfluchte Krieg endet und glaube mir, wenn ich dich getötet und das Buch in meinen Besitz gebracht habe, wird er enden. Es gibt nichts, was du dagegen machen könntest. Deine gesamte Familie hat es vor dir versucht, aber bereits dein Vater ist an mir gescheitert und so wie er wirst auch du an mir scheitern. Zugegeben du hältst dich im Kampf bisher besser als dein alter Herr, aber am Ende seid ihr doch nur Menschen. Egal ob ihr durch ein magisches Ritual mehr Kraft habt oder schneller regeneriert. Irgendwann wird immer der Punkt

196

kommen an dem ihr einem von Natur aus magischen Wesen unterlegen seid. Und du, mein lieber William, bist an diesem Punkt angelangt."

Meiner kleinen Ansprache ließ ich meine Metamorphose zur Bestie folgen und spätestens dann wusste Casketville, dass es für ihn tatsächlich zu Ende war. Ich stürzte mit gellendem Bestien Geschrei auf William nieder und sah erst im letzten Augenblick, dass er einen weiteren Pflock hinter seinem Rücken hervorholte. Wir verbanden uns zu einem Knäuel aus Köpfen, Klauen, Armen, Krallen und Beinen. Schmerzverzerrtes Geheul und wütendes Kreischen vereinten sich zu einer grauenerregenden Kakophonie. Während ich dabei war das letzte bisschen Leben aus William herauszureißen, schaffte er es tatsächlich im Eifer des Gefechts, während wir hin und her kugelten, mir den Pflock tief in meine Brust zu rammen. Gleißender Schmerz erfüllte mich und ich ließ von William ab, der nur noch ein Häufchen Mensch war. Röchelnd und gurgelnd hauchte er seinen Atem aus. In mir brannte Feuer so heiß wie die Hölle und Kälter als der Tod. Ich war nicht mehr in der Lage auch nur noch einen Körperteil von mir zu bewegen. Alles was ich noch mitbekam war, dass Guinevere und James mich gemeinsam mit Aki und Leif aus dem Wald brachten und sich auf den Weg zu unserem Unterschlupf machten. Gedämpft nahm ich noch einen Moment ihre Stimmen wahr.

„Scheiße, scheiße, scheiße! Wie konnte das denn passieren?!", rief Aki.

„Kommt schon, wir müssen uns beeilen. Ist doch egal, wie das passiert ist. Schlimmer ist, dass es überhaupt passiert ist. Er muss so schnell wie möglich regenerieren.", feixte Leif.

„Sam, halt die Augen offen. Du darfst nicht das Bewusstsein verlieren. Das ist die Schwelle zum Tod. Halte noch ein wenig durch. Du bist schon versteinert. Bleib wach, bis wir dich im Reich der Finsternis haben. Dort kannst du regenerieren.", versuchte mich Guinevere am Leben zu halten. Dann hörte ich zerberstendes Glas und alles wurde schwarz und still, um mich herum.

## Kapitel 19

Als ich wieder zu mir kam befand ich mich in einer dunklen Einöde. Es leuchteten überall Sterne und galaktische Nebel waren zu sehen. Irgendwo weit entfernt am Horizont erstreckten sich Krater und Berge. Darauf war in der Ferne ein Schloss oder etwas Ähnliches auszumachen. Noch bevor ich fragen konnte was hier los sei, stand plötzlich jemand neben mir. Ungläubig sah ich ihn und konnte meinen Augen nicht trauen, vor mir stand mein Vater. Seine Haare und seine Pupillen waren Giftgrün und sein Gewand tiefblau, so dunkel und so schön wie der Himmel in einer klaren Winternacht, in welcher der Schnee das bleiche Licht des Mondes reflektierte.

„Ich grüße dich.", sagte er in einer Stimme, die mir eine Gänsehaut über den Rücken jagte.

„Wie komme ich zu dieser Ehre? Und wo bin ich hier überhaupt?", ich bemühte mich um einen neutralen Tonfall, doch dies gelang mir einfach nicht und so drang doch ein bisschen Ironie in meine Frage.

„Ich wollte sehen, wie es dir so geht. Und wie du dich so als Erzvampir machst. Wo du bist, ist im Moment nicht von Belang. Viel wichtiger ist, dass du hier bist.", erklärte er sich.

„Und? Wie mache ich mich in deinen Augen?"

„Gut. Wirklich gut. Ich bin erstaunt, da ich dachte, du hättest mehr von deiner Mutter. Aber du hast offensichtlich doch mehr von mir."

„Wie darf ich das verstehen?"

„Nun, ich dachte immer du könntest nie so kaltblütig sein, wie ich einst war."

„Du warst anscheinend doch nicht so kaltblütig. Schließlich hast du ein Kind mit einem Menschen gezeugt."

„Deine Mutter schenkte mir diese Fähigkeit. Sie brach meine Natur und öffnete mein Herz, indem ich von ihrem Blut kostete. Und du kannst ebenfalls jemandem diese Gabe schenken, du musst nur jemandem dein Blut schenken und nicht noch zusätzlich das Blut des Fürsten. Oder aber du gewinnst jemanden für dich durch einen Kuss wahrer Liebe."

„Und warum hat mir der Fürst das nicht erzählt?"

„Du glaubst doch wohl nicht, dass er es riskieren würde, dass du deine Opfer, die zu seinen Kriegern werden mit Gefühlen verderben und unbrauchbar machen würdest."

„Gut. Das kann ich sogar irgendwie verstehen. Was ich aber nicht verstehe ist, dass du als Dämon wiedergeboren wurdest und meine Mutter in kleinster Form wiederkehrte. Warum ist das so? Ich meine, sie müsste doch ein Geist geworden sein oder so."

„Wer wiedergeboren wird und wer nicht das entzieht sich jeglicher Kenntnis. Auch der Fürst weiß nicht, wer wiederkehren wird und auch wir Dämonen nicht. Es ist also eine wahre Laune der Natur oder von etwas Anderem. Und ob deine Mutter nicht doch einst als Geist wiederkehrte weiß ich nicht und schon gar nicht warum oder warum nicht."

„Wieso kommst du nach so langer Zeit auf die Idee mich zu besuchen?"

„Nun, ich habe mir gedacht, dass es nach all den Jahren mal wieder schön wäre ein paar Worte mit meinem Sohn zu wechseln und ihn zu fragen, wie es ihm so geht."

„Es geht mir gut, danke. Aber es fällt mir schwer zu glauben, dass dies der einzige Grund deines Besuches ist."

„Gut erkannt, es ist tatsächlich nicht der einzige Grund. Wie ich hörte, befindet sich das Casketville-Grimoire im Besitz der Vampire. Stimmt das?"

„Ich weiß nicht. Meine Erinnerung ist sehr verschwommen. Alles woran ich mich erinnern kann ist, dass ich William Casketville tötete. Danach ist alles weg."

„Mein Sohn. Du bist von einem Pflock durchbohrt worden. Um Haaresbreite wärst du gestorben. Aber der Stich ging knapp am Herz vorbei. Ich dachte, du wärst in der Zwischenzeit wieder zu dir gekommen und dies sei nur ein Traum. Aber dann scheinst du wohl noch immer in der Starre zu liegen und bist bewusstlos. Dann hör mir gut zu. Was weißt du bereits über das Grimoire?"

„Der Legende nach gibt es dort Hinweise auf ein Ritual, dass das Ende aller Jäger herbeiführen soll. Dieses Wissen sollte natürlich in unserem Besitz bleiben."

„Das ist natürlich auch eine Möglichkeit das Ganze zu verkaufen."

„Ich verstehe nicht. Was meinst du?"

„Der Fürst hat insofern Recht, dass dieses Buch extrem wichtiges Wissen für die Vampire enthält und dass es um die Erlösung der Vampire geht."

„Ist das nicht die Legende, die mit mir wahr geworden ist und das Ende der Jäger bedeutet? So habe ich es zumindest immer verstanden."

„Das stimmt, diese Legende gibt es. In der Schrift, die die Vampire haben steht allerdings nicht worin diese Erlösung besteht. Die Vampire sind natürlich davon ausgegangen, dass hiermit das Ende der Jäger gemeint ist. Es gibt jedoch einen zweiten Teil der Schrift. Dort steht, dass die Vampire vom Leid des Blutsaugens befreit werden sollen. Zumindest vom Blutsaugen zu Zwecken der Fortpflanzung. Um Leben aufzunehmen reicht ja auch das Blut von Tieren. Es müsste also kein Mensch mehr für einen Vampir sterben. Sie sollen davon erlöst werden durch die Fähigkeit sich auf menschliche Art und Weise fortzupflanzen. Du bist der erste naturgeborene Vampir, der erste der kein Blut brauchte, um verwandelt zu werden. Nicolai und der Fürst wussten nicht, dass es gereicht hätte dir ein bisschen Tierblut zu geben, um dein Vampirdasein zu beginnen. Aber wenn der Fürst es weiß und wenn er liest, dass deine Art der Vampire in Zukunft die Welt übernehmen soll, dann wird er nicht sonderlich begeistert sein. Dies würde über kurz oder lang bedeuten, dass sein Einfluss schwinden würde. Außerdem würde damit eine friedliche Koexistenz entstehen und der Fürst kann ja nicht zulassen, dass dies geschieht, wo er es doch war der die vorherige friedliche Koexistenz vor Äonen beendet hat."

„Was? Es gab eine friedliche Koexistenz zwischen Menschen und Vampiren?"

„Ja, zu Beginn der Zeit als die Menschen entstanden sind auch die Vampire entstanden."

„Das weiß ich. Nicolai hat es mir erzählt."

„Und zunächst war die Existenz beider Spezies vollkommen voneinander getrennt. Vampire jagten in der Nacht Tiere und tranken das Blut, wohingegen die Menschen tagsüber jagten und das Fleisch der Tiere aßen. Bis eines Tages jemand bemerkte, dass die Vampire eigentlich viel stärker waren als die Menschen und so begann dieser eine Vampir damit Menschen zu jagen anstatt Tiere. Während der erste Mensch konvertiert wurde muss der Fürst etwas Magisches getan haben. Danach war es Vampiren nur noch möglich sich durch die Konvertierung von Menschen fortzupflanzen."

„Und diese ganze Geschichte davon, dass die Menschen sich einfach so auflehnten und dass der Konflikt Jahrtausende lang relativ friedlich verlief?"

„Lügen, die frisch Konvertierten aufgetischt werden damit diese sich dem Kampf gegen die Jäger anschließen. Das ultimative Ziel, dass der Fürst verfolgte war die Versklavung der Menschheit als Futterquelle für Vampire. Dies sollte der eigentliche Zweck der menschlichen Existenz werden. Dazu ist es jedoch nie gekommen, weil es sich immer wieder Menschen auf ihre Fahne geschrieben haben den Vampiren Einhalt zu gebieten. Aber nun, da er das Buch hat könnte er seinen Plan tatsächlich in die Tat umsetzen, wenn es schafft dich zu töten. Mit dir würde die Fähigkeit zur blutlosen Fortpflanzung wieder verschwinden. Irgendwann würde sie vermutlich auch wiederauftauchen, so wie sie es schon einmal tat. Bis dahin würden vermutlich weitere Jahrtausende verstreichen. Also, wenn du den Krieg wirklich beenden willst, musst du verhindern, dass der Fürst dieses Wissen erlangt und weitergibt."

„Aber wie soll ich das machen?"

„Dafür wirst du ihn wohl töten müssen. Jahrtausende der Besessenheit und Machtgier lassen sich anders wahrscheinlich nicht mehr aus ihm verbannen. Doch nun, mein Sohn muss ich dich wieder verlassen. Ich habe mich schon viel zu sehr eingemischt."

„Vater! Bleib noch! Wie töte ich den Fürsten? Hilf mir dabei! Bitte!"

„Ich kann nicht. Lebwohl, mein Sohn."

Dann verschwand er so plötzlich wie er gekommen war.

## Kapitel 20

Gleißendes Licht traf mich als ich meine Augen wieder öffnete.

„Nauarch. Was um alles in der Welt ist hier los?", fluchte ich.

„Sam, du bist wieder bei Bewusstsein.", ließ Guinevere verlauten.

„Guinevere? Bist du das? Was ist passiert? Warum kann ich dich nicht sehen?"

„Du bist in Starre verfallen. Ein Pflock hatte dich durchbohrt und wenn er nicht genau das Herz trifft fallen Vampire nach einer Weile in eine Starre."

Mit der Zeit konnte ich wieder Konturen wahrnehmen. Eine Weile später waren die Umrisse auch wieder scharf und ich hatte mein Sehvermögen zurück. Auf dem Bett saß Guinevere an meiner Seite und ihre Schönheit trug umgehend zu meiner Genesung bei.

„Wie lange war ich in dieser Starre?"

„Nicht lange, ein paar Tage vielleicht. Wieso?"

„Als ich dort war, ist mir mein Vater erschienen. Ich weiß nicht genau wo wir waren, aber er hat mir vom Casketville-Grimoire erzählt. Wo ist es? Konntet ihr es finden?"

„Wir haben es tatsächlich finden können. William trug einen Schlüssel zu seinem Koffer bei sich. Dort fanden wir ein altes Tagebuch, indem er den Aufenthaltsort des Buches vermerkt hatte. Wir fanden es in New York in einer Bibliothek versteckt."

„Was habt ihr damit gemacht?"

„Wir gaben es dem Fürsten. Damit er ein für alle Mal die Jäger vernichtet mit Hilfe des Rituals."

„Guinevere, das Ritual ist nicht dafür da die Jäger zu vernichten."

„Was?", ihre Augen weiteten sich, „Was redest du da?"

„Mein Vater hat mir gesagt, dass die Erlösung der Vampire darin besteht, dass wir niemals mehr Blut saugen müssten, um uns fortzupflanzen. Das würde zu einer friedlichen Koexistenz führen, die der Fürst nicht will. Und ich bin der Schlüssel dazu. Wenn unser Schöpfer davon erfährt, wird er mich umbringen wollen."

„Nein! Das kann nicht sein. Dein Vater ist tot. Wie sollte er das wissen?"

„Er ist mir erschienen als ich in der Starre war."

„Das war ein Fiebertraum, Sam. Du kannst das unmöglich ernst nehmen. Damit stellst du dich gegen den Fürsten und gegen unsere gesamte Existenz und alles wofür wir stehen. Das kann nicht sein, Sam."

„Mein Vater ist nicht tot. Er ist ein Dämon."

„Niemand hat je einen Dämon gesehen. Wie soll ich dir das glauben?"

„Du musst es einfach, Guin. Bitte. Du musst mir helfen zu Kräften zu kommen und dann müssen wir verhindern, dass der Fürst das Geheimnis aus dem Buch erfährt. Sonst ist es zu spät für mich. Er will den Krieg weiterführen bis wir die Menschen vollkommen versklavt haben."

„Na und? Sie sind doch eh nur Futter für uns."

„Nein, das sind sie nicht. Sie haben genauso ein Anrecht auf Leben, wie wir auch."

„Ich kann nicht glauben, was du da sagst, Sam. Das kann alles nicht wahr sein. Das ist Hochverrat."

„Wo sind Aki und Leif. Sie müssen mir auch helfen. Guin, bitte vertraue mir. Ich würde nichts tun, dass dir oder uns in irgendeiner Form schadet."

„Aki und Leif sind bei der Bergung des Buches verschwunden. Wir wurden von den restlichen Jägern überrascht. Während der Flucht wurden wir getrennt. Ich weiß nicht, wo die beiden sind. Aber die Entwicklungen auf der Erde sprechen dafür, dass die Jäger untergehen werden. Casketville ist tot und alle Jägerorganisationen schalten sich in der Gier nach Macht gegenseitig aus. Also, hatte der Fürst Recht. Du bringst das Ende des Krieges."

„Nein Guin. So ist das nicht. Auch wenn die Jäger im Moment im Chaos versinken, wenn der Fürst weiterhin seinen Plan verfolgt die Menschen zu versklaven, werden sich neue Jäger bilden und dann wird es ewig so weitergehen. Wir haben jetzt die Chance es zu beenden. Du musst mir helfen ihn zu töten, Guin."

„Nein, das kann ich nicht."

Dann stürmte sie aus meinem Zimmer in der Burg der Nacht und verschwand irgendwo im Labyrinth des Gebäudes.

Mühsam erhob ich mich und ein Fläschchen mit Blut in meinem Zimmer herumstehen.

„In der Not frisst der Teufel fliegen.", murmelte ich und stürzte das Blut meine Kehle hinab. Irgendwie musste ich ja wieder zu Kräften kommen. Es dauerte einen Augenblick, aber dann ging es mir besser. Sicherlich hatte ich noch nicht meine volle Kraft zurückerlangt, aber ich hatte keine Zeit zu verlieren. Ich wanderte in der Burg umher und versuchte mich an den Weg in den Thronsaal zu erinnern. Nach einer längeren Wanderung kam ich schließlich dort an. Auf dem Thron saß der Fürst und starrte mich an.

„So, der verlorene Sohn ist wieder zurück. Es freut mich dich zu sehen, Samuel."

Ich blieb vor dem Thron stehen und verneigte mich kurz.

„Es ist schön, dass du es geschafft hast wieder aus der Starre zu erwachen. Dieses Glück ist nicht jedem vergönnt. Es sind auch schon Vampire für immer dort gelandet. Naja, zumindest glaube ich das jedenfalls. Da sie während meiner Zeit nie wieder zurückkehrten. Auf dich scheint es ja nicht zu zutreffen. Während du fort warst ist eine Menge passiert, mein Lieber."

„Ja, von so einigen Dingen habe ich schon erfahren, mein Fürst."

„Ah, sehr praktisch. Dann weißt du ja sicherlich, dass ich das Casketville-Grimoire habe. Und beim Durchlesen bin ich auf ein paar sehr interessante Informationen gestoßen."

„So, welche denn zum Beispiel?"

„Nun mein lieber Sam. Dort steht zum Beispiel, dass ein naturgeborener Vampir kommen wird und uns vom Fluch der blutigen Fortpflanzung befreien wird. Ist das nicht merkwürdig mein Lieber?"

„Ja, allerdings."

„Aber irgendwie komme ich nicht umhin zu glauben, dass du bereits davon wusstest. Und ich komme auch nicht umhin zu glauben, dass du etwas tun wolltest, was bedeuten würde, dass diese wertlosen Würmer und wir friedlich zusammenlebten."

„Na, wie kommt ihr denn darauf?"

„Irgendwie hat mir das ein Vögelchen gezwitschert."

Dann stand er auf und holte hinter dem Thron die gefesselte Guinevere hervor.

„Lass sie gehen. Sie hat damit nichts zu tun."

„Wie heldenhaft er das fordert. Aber es tut mir leid, mein Lieber. Sie hat etwas damit zu tun. Und das ist alles deine Schuld. Nun, anfangs hatte ich ja noch nicht wirklich daran geglaubt, dass es möglich sei. Aber mit der Zeit waren die Anzeichen dafür, dass Guinevere fühlen kann immer eindeutiger. Darüber hinaus verändert sich der Geruch eines Vampirs, wenn er fühlen kann. Das wusstest du natürlich nicht und Guin auch nicht. Doch meine alte Spürnase hat es schließlich doch noch erkannt. Die größte Dreistigkeit ist es aber, wenn ihr beiden wirklich glaubt, dass ihr damit durchkommt, wenn ihr euch einfach so fortpflanzt. Habt ihr tatsächlich gedacht, dass ich es nicht bemerken würde?! Dabei habe ich euch das ewige Leben geschenkt und so dankt ihr es mir?!"

Ich riss meine Augen weit auf.

„Sie ist was?!"

Der Fürst sah mich überrascht an.

„Hat sie es dir etwa nicht gesagt? Oh, dann tut es mir fast schon leid, dass ich dir diese große Überraschung verdorben habe. Aber keine Sorge, durch die Geburt eines zweiten natürlichen Vampirs in dieser Zeit wird mir meine Macht nicht streitig gemacht. Denn bevor es soweit ist, werde ich das Herz aus ihrer Brust reißen!", schrie er.

Mit einem Satz sprang ich nach vorne, um ihn davon abzuhalten. Doch er wehrte mich ab und griff in Guineveres Brustkorb. Als er seine Hand herauszog hielt er ihr Herz darin und warf es mir vor die Füße. Guinevere sank leblos zu Boden. Mir stiegen Tränen in die Augen und der Hass übermannte mich. Ich verwandelte mich in die Bestie und griff den Fürsten an. Den ersten Angriff wehrte er mit einer gewissen Gelassenheit ab. Doch dann geschah etwas, dass ich nicht für möglich gehalten hatte. Genau wie ich, verwandelte er sich in eine Bestie.

So standen wir uns gegenüber. Bestie gegen Bestie. Die Zähne gefletscht und aus dem Maul troff der Geifer. Sein erster Angriff verletzte mich an meiner Flanke, da ich nicht schnell genug ausweichen konnte. Doch davon ließ ich mich nicht entmutigen und setzte gleich nach. Gekonnt sprang ich auf seinen Rücken und schlug meine Krallen in seinen Körper. Zwar konnte er mich abschütteln, aber dabei riss ich ihm Fetzen von Fell und einige Fleischbrocken heraus. Nachdem ich an der Wand abgeprallt war, musste ich kurz wieder zur Besinnung finden, bevor ich mich wieder auf ihn stürzte. Der Thronsaal war von bestialischem Gebrüll erfüllt und es regnete immer wieder Blut, Fell oder Putz von den Wänden. Die Wände des Thronsaals bekamen immer tiefere Risse und auch der Boden konnte nun nicht mehr mit seiner vorherigen Makellosigkeit glänzen. Schnitt um Schnitt fügten wir uns mit unseren Krallen zu. Bis wir beide nicht mehr genug Energie hatten, um die Bestiengestalt aufrechtzuerhalten. Keuchend verwandelten wir uns in Vampire zurück.

„Du hast ja doch mehr drauf, als ich erwartet hätte.", keuchte der Fürst.

„Und du kämpfst für dein Alter noch ganz passabel. Aber wir sollten jetzt nicht weich werden. Sonst bringen wir das hier nie zu Ende."

Nachdem ich den Satz gesagt hatte, fiel ein großes Stück aus der Saaldecke heraus und riss einen tiefen Spalt in den Boden.

„Da hast du vollkommen Recht.", keuchte er wieder, „Lange kann das hier nicht mehr so weitergehen."

Ich blickte den Fürsten fragend an.

„Du wirst schon sehen."

Dann nahm er zwei Schwerter von der Wand und warf mir eins zu.

„Dann machen wir es jetzt eben auf etwas zivilisiertere Art.", höhnte er.

Die Klingen kreuzten und Funken stoben. Blitzender Stahl schlug immer wieder auf den Steinboden oder den Putz der Wände. Mit jedem Hieb wurde ein Stück des Thronsaals zerstört. Auch der Thron selbst blieb nicht verschont. Immer wieder fügten wir uns auch gegenseitig Schnitte und kleinere Stichverletzungen zu. Der Fürst geriet immer mehr ins Wanken und auch ich musste zusehends mehr Konzentration darauf verwenden nicht in eins der zahlreichen Löcher, von denen der Thronsaal mittlerweile durchzogen war, zu fallen. Wir stachen immer weiter auf einander und bei jeder Parade stoben mehr und mehr Funken. Mein Hass trieb mich dazu an alles um mich herum zu vergessen und so gelang es mir irgendwann den Fürsten auf einer Klippe, die aus dem Boden und einer fehlenden Wand emporragte, zu isolieren. Der alte Vampir kämpfte mit dem letzten Rest der ihm noch blieb und auch für mich wurden jeder Hieb, jeder Stich und jede Parade mühsamer. In einem Moment der Unachtsamkeit ließ er seine Klinge in Richtung meines Armes sausen. Mit letzter Kraft konnte ich ausweichen und meinen Schlag so platzieren, dass ich ihn entwaffnete.

„Das Spiel ist aus, alter Mann.", mit diesen Worten trat ich sein Schwert in den Abgrund.

Gerade als ich ihn entwaffnet hatte, löste sich am anderen Ende des Thronsaals eine komplette Wand und stürzte in die Tiefe.

„Scheint so als könntest du hier nicht mal einen Stein auf dem anderen halten."

„Du hast ja keine Ahnung, wie das hier funktioniert. Aber egal. Ich schätze mal, dass du Recht hast; das Spiel ist aus."

„Es muss nicht so enden. Du könntest es dir noch anders überlegen und die friedliche Koexistenz anstreben."

„Und all meine Macht verlieren? Ich wäre nicht mehr der Herrscher über die Vampire. Man bräuchte nicht mehr mein Blut um den Fortbestand der Art zu sichern. Alles, was ich wäre ist ein alter Narr in seinem Luftschloss. Nein, Sam. Das lasse ich nicht zu. Wenn du schon diesen Krieg beenden willst, dann musst du dir dabei die Hände schmutzig machen. Mein Blut soll an ihnen kleben und das für den Rest deiner Zeit.

Damit du dich immer daran erinnerst welchen Preis deine neue friedliche Welt hatte. Und jetzt bring es endlich zu Ende. Ich bin müde."

Ich holte mit dem Schwert aus und ließ es mit aller Kraft, die ich hatte, mit jedem bisschen Liebe, was ich je für Guinevere empfunden habe und mit jedem Funken Hass, der sich in mir zum Feuer ausbreitete, in sein Herz rasen. Der Fürst schrie vor Schmerz und grelles Licht kam aus ihm herausgeschossen. Das Schloss stürzte ein und ich sprang von der Klippe und verwandelte mich in einen Raben. So schnell wie ich konnte flog ich in Richtung des Torbogens. Hinter mir war ohrenbetäubender Lärm zu hören und als ich mich kurz umdrehte sah ich, dass alles von einer riesigen Energiewelle überzogen und vernichtet wurde. Ohne den Fürsten konnte das Reich der Finsternis nicht existieren. Alles, was er erschaffen hatte stürzte in sich zusammen. Die Welle erfasste auch mich und schleuderte mich bis in die Welt der Menschen zurück. Irgendwann verlor ich die Besinnung, mein Herz begann zu rasen und mein Blut kochte. Ich schloss die Augen und ließ mich durch den Äther treiben. Mir wurde klar, dass ich gerade eben die Liebe meines Lebens verloren hatte. Niemals zuvor hatte ich für jemanden so extrem empfunden, nie war mir jemand so wichtig gewesen, nie hatte ich es für möglich gehalten so viel Schmerz auf einmal ertragen zu müssen, nie hatte ich mich so leer gefühlt und nie war ich mir so sicher, dass ich sterben wollte. Mein Zeitgefühl war vollends dahin und ich bekam alles nur noch am Rande mit. Das Einzige was ich wirklich mitbekam war, als ich auf den Boden zu raste und aufschlug.

Als ich wieder zu mir kam, fand ich mich auf einer Wiese wieder. Mir kam die Wiese sehr bekannt vor und als ich mich ein wenig umsah und ein paar Grabsteine im Schatten eines verfallenen Herrenhauses entdeckte wusste ich, dass ich daheim war. Der Mond tauchte alles in ein gespenstisch fahles Licht, doch ich war zu Hause. Ich befand mich an dem Ort, an dem ich als Kind meine Zeit verträumt hatte, wo alles begonnen hatte, wo ich starb, wo mir meine Seele aus dem Leib gebrochen wurde, wo ich zu Hause war.

Als ich in dem Garten stand, beschloss ich, zu trauern. Eine andere Empfindung ließ mein Herz nicht zu. So ging ich zu der Klippe, die am Ende des Gartens war, und setzte mich an ihrer Spitze nieder und starrte auf das Meer. Die Zeit zog an mir vorüber, doch ich rührte mich nicht.

Ich blieb auf der Klippe sitzen und starrte auf das Meer hinaus, ohne mich zu rühren.

Im Wandel der Zeit veränderte sich die Welt um mich herum. Die Schiffe, die auf dem Meer dahinschipperten, veränderten sich und wurden immer größer und moderner. Eines Tages erhob ich mich von meinem Platz auf der Klippe und begab mich auf den Familienfriedhof. Das Anwesen war kaum noch als solches zu erkennen. Seit langer Zeit hatte hier niemand mehr gelebt. Die Gräber waren verwildert und es dauerte eine Weile bis ich meines gefunden hatte. Meine Hände vergrub ich tief in der Erde und schaufelte das Erdreich auf. Tiefer und immer tiefer wühlte ich mich durch die Erdschichten. Bis ich schließlich an einer verwitterten Holzkiste angelangte. Ein wenig verwundert darüber war ich schon, dass die Kiste in der meine Scheinbeerdigung stattgefunden haben musste noch intakt war. Aber vermutlich war sie einfach nur mit einem Zauber oder so belegt, damit ich sie jederzeit als Notfallunterkunft nutzen konnte. Mit einem Pfiff beschwor ich Xerxes herauf. Er neigte seinen Kopf zur Seite als er mich sah.

„Hör zu mein Freund. Ich werde mich jetzt gleich da hineinlegen. Sobald ich den Deckel geschlossen habe, verbuddel die Kiste bitte wieder. Danach bist du frei und kannst gehen wohin du willst. Ich danke dir, für alles mein treuer Freund."

Ich legte mich in den Sarg und schloss den Deckel. Danach schloss ich meine Augen.

# Kapitel 21

„HE! PASS DOCH MAL AUF, WAS DU MACHST! DU KANNST DOCH NICHT EINFACH SO MIT DEM BAGGER HIER IN DER GEGEND RUMFUHRWERKEN!", schrie Henry James Sr. seinem Sohn zu, der in einem Bagger saß und etwas unvorsichtig durch das Dickicht preschte.

„ENTSCHULDIGE, DAD! KOMMT NICHT WIEDER VOR!"

„Für jedes Mal, dass ich diesen Satz gehört habe möchte ich mal ein Pfund bekommen. Dann wäre ich reich und müsste mich nicht mit dieser Scheiße hier rumschlagen.", raunte er seinem Vorarbeiter zu.

Die beiden in Sicherheitskleidung gehüllten Menschen gingen auf den Container zu, in dem sich das Büro der Baustelle befand. Auf dem Schreibtisch in der Mitte des Büros lag ein Plan des Grundstücks ausgebreitet. Eine Kaffeemaschine gluckerte friedlich vor sich hin und grunzte beruhigend im Takt. In einem weiteren Raum nebenan klingelte ein Telefon, dass von der Sekretärin beantwortet wurde. Henry wandte sich seinem Vorarbeiter zu.

„Ich sag's dir Jack. Der Junge ist nochmal mein Ende."

„Ach, Henry, nimm's leicht. Er gibt sich Mühe."

„Ja, ich weiß. Aber nochmal so ein Fiasko, wie bei der letzten Restauration als er die Gasleitung traf, überlebe ich nicht."

„Du regst dich zu sehr auf."

„Na, du hast gut reden. Ist ja nicht dein Sohn."

Beide lachten herzhaft.

„Aber mal Spaß beiseite, siehst du das hier?", Henry zeigte auf eine markierte Stelle auf dem Plan.

„Ja, was ist damit?"

„Das ist die Frage. Was ist das da? Ich habe mir jede Aufnahme des Grundstücks angesehen. Jedes Luftbild und jede Zeichnung. Und das aus jedem Winkel. Aber in dieser Ecke ist einfach nichts zu sehen. Warum ist auf dem Plan etwas markiert?"

Jack kratzte sich am Kopf und ging zur Kaffeemaschine herüber, um sich eine Tasse heißen Bohnenextrakts einzugießen. Dann kehrte er zum Tisch zurück und zündete sich eine Zigarette an. Er hielt seinem Chef die Packung hin und auch dieser nahm sich einen Glimmstängel. Gemeinsam standen sie über den Plan gebeugt und rauchten.

„Mhm, vielleicht ist da was Unterirdisches? Ein alter Luftschutzbunker oder ein Gastank?"

„Könnte sein. Vielleicht auch eine Zisterne."

„Stimmt. Sag meinem Sohn, er soll sich das mit dem Bagger mal ansehen. Durch das ganze Gestrüpp und Gewucherte kommen wir ohne seine Hilfe nicht durch."

Jack nahm ein Funkgerät, dass auf einem der Nebentische stand in die Hand und drückte den Sprechknopf.

„Henry jr.?", es knackte und rauschte in der Leitung.

„Ja, Jack? Was gibt's?"

„Wir haben auf der Karte etwas Ungewöhnliches entdeckt und brauchen mal deine Hilfe mit dem Bagger. Fahr mal bitte zu Planquadrat D 5."

„Alles klar."

Die beiden Alten nahmen noch jeweils einen Schluck Kaffee und steckten sich beide noch eine Zigarette an, bevor sie den Bürocontainer wieder verließen.

Henry jr. war mittlerweile mit dem Bagger zum vorgegebenen Planquadrat gerumpelt und wartete nun auf weitere Anweisungen.

Sein Vater und Jack positionierten sich in sicherem Abstand zur Schaufel und Henry Sr. gab seinem Sprössling das Zeichen mit dem Graben zu beginnen. Schaufel um Schaufel förderte Henry jr. Erdreich zu Tage. Bis zu dem Moment in dem es laut knackte. Sein Vater gab ihm das Stopp-Zeichen und Henry jr. schaltete den Motor des Baggers ab. Die drei Männer gingen vorsichtig zu der ausgehobenen Stelle und schauten in das Baggerloch hinab.

Vor Ihnen lag eine halb geöffnete Holzkiste, die wie ein sehr alter Sarg aussah. Abgesehen von ein paar Kratzern und dem fehlenden halben Deckel war die Kiste noch vollständig intakt. Die drei Männer steckten sich ungläubig eine Zigarette an und starrten auf den Körper, der vor ihnen im Sarg lag.

„Scheiße, was ist das denn?", rief Henry sr.

Jack und Henrys Sohn kratzten sich am Kopf.

„Mhm. Sieht so aus als hätte da jemand versucht etwas zu vertuschen.", murmelte Jack.

„Dann müssen wir wohl oder übel die Polizei rufen, denke ich. Wir können ja schlecht hier einfach eine Leiche liegen haben, wenn wir mit den Bauarbeiten anfangen wollen.", bemerkte Henry sr.

„Was war das denn hier für ein Haus? Also, ich meine früher, als es noch in Betrieb war.", fragte Henry jr.

Jack überlegte einen Moment.

„Mhm. Also, wenn ich mich recht entsinne hat hier ein Anwalt mit seiner Familie gewohnt. Ursprünglich glaube ich sogar war das hier mal ein Anwesen von einem alten Landgrafen. Aber das muss im Mittelalter gewesen sein. Die letzten Aufzeichnungen stammen aus dem Jahr 1670 und darin steht das ein Anwalt mit seiner Frau und dem Neffen hier gelebt hat. Der Anwalt und Neffe sind 1666 gestorben. Vier Jahre später hat es dann die Frau erwischt. Danach hat dieses Anwesen keinen richtigen Besitzer mehr gehabt. Ist also ein Wunder, dass das Ding überhaupt noch steht. Wieso fragst du?"

„Nur aus Interesse. Früher hatten so große Anwesen von Adligen auch gerne mal Familiengruften mit auf dem Grundstück. Hätte ja sein können, dass wir hier so etwas haben. Fehlen halt nur die Grabsteine. Aber so lange wie das Haus hier verlassen war, wundert es mich nicht, dass die nicht mehr da sind."

„Hm. Ja, das klingt auf jeden Fall nicht ganz unplausibel.", murmelte Henry sr.

Jack nahm sich das Funkgerät aus dem Bagger.

„Liz? Liz, bitte kommen.", wieder Knacken, Rauschen und dann Stille.

Ein paar Sekunden später meldete sich eine Frauenstimme in den mittleren Jahren.

„Ja, was ist denn?"

„Rufst du bitte mal bei der Dorfpolizei an und sagst denen, dass wir hier beim Ausgraben eine Leiche gefunden haben."

„Alles klar.", antwortete sie routiniert.

„Gut, das wäre also auch erledigt. Naja, jetzt dauert es erstmal wieder eine Ewigkeit bis wir weitermachen können.", fügte Jack hinzu.

Die beiden Henrys starrten weiterhin ins Loch. Der Junior kratzte sich weiter am Kopf.

„Mhm. Also, bei weiterem Nachdenken gibt es da nur ein Problem mit der Familiengruft."

„Welches denn?"

„Naja, jede Leiche, die damals hier beerdigt worden ist müsste schon längst verwest sein. Da dürften hier maximal noch Knochen herumliegen."

Verwundert sahen die beiden Alten den Jungen an.

In diesem Moment zuckte bei dem Körper eines der Beine.

„Habt ihr das auch gesehen?"

„Was denn?"

„Na, das Bein hat gezuckt."

„Ach hör doch auf, Junge.", ermahnte ihn sein Vater.

„Nein, ernsthaft. Da hat sich was bewegt. Kommt, wir müssen nachschauen, vielleicht lebt er noch."

„Das ist völlig unmöglich. Wenn hier ein frisches Loch gewesen wäre, dann hätten wir das doch schon vorher gesehen.", merkte Jack an.

Doch der junge Henry hörte schon gar nicht mehr hin, sondern war bereits in das Loch gesprungen. Mit aller Kraft zerrte er an dem restlichen Deckel des Sargs, um den Körper vollständig freizulegen. Es gelang ihm nach einigen Versuchen und er begann an dem Körper zu rütteln.

„He! HE! AUFWACHEN! LEBST DU NOCH?! HALLO?!", er rüttelte und rief. Doch keine Regung war im Körper bemerkbar. Nun erkannten sie, dass es sich um einen Mann handelte, der über und über mit Haaren überwuchert war. Sein Haupthaar und sein Bart verloren sich irgendwann in dem Gewirr aus Fingernägeln und sorgten für ein großes Knäuel.

„Das ist ja komisch.", murmelte Jack.

„Was denn?", fragte der Alte.

„Naja, ich habe schon gehört, dass Haare und Nägel nach dem Tod weiter wachsen, aber von sowas habe ich noch nie gehört."

„Ja, so etwas ist mir auch noch nicht untergekommen. Junge, komm da mal lieber raus. Wer weiß, was da für Keime rumfliegen."

Das Bein der Leiche zeigte plötzlich eine Regung. Das Zucken wurde dieses mal etwas heftiger. Es setzte sich weiter fort und breitete sich aus, so dass es nicht mehr nur im Bein zu sehen war, sondern durchfuhr den ganzen Körper. Noch bevor Henry jr. wusste wie ihm geschieht hatte die Leiche ihren Arm nach oben gestreckt und zog den jungen Henry blitzschnell zu sich herunter. Der Mann im Sarg öffnete die Augen und versenkte seine Zähne im Hals des jungen Bauarbeiters.

221

Die beiden Alten sprangen ins Loch, um dem Jungen zu helfen, doch sie hatten keinen Erfolg. Leblos sank Juniors Körper in den Sarg und der vorherige Sargbewohner stand kerzengerade im Loch und griff sich die beiden Alten. Nachdem er auch sie ausgesaugt hatte, sprang er nach oben und klopfte sich den Staub von seiner Kleidung, danach gähnte er herzhaft.

„Verdammte Scheiße! Was ist denn hier passiert?"

Sam sah sich um und traute seinen Augen nicht. Die fremdartigen Gerätschaften und Maschinen konnte er nicht zuordnen und auch sonst fehlte ihm noch die Orientierung.

„Verflucht. Wie lange habe ich denn geschlafen?", er sah sich um und konnte niemanden in der Nähe entdecken, „Naja, ich werde mich wohl in dieser neuen Welt erstmal umschauen müssen. Was ist denn das für ein Gebilde?"

Er begab sich zum Bürocontainer und trat die Tür ein. Die Einrichtung und alles Weitere überforderte ihn noch mehr. Liz's Schreie, die nach Sams Eintreten in den Container zu hören waren, ignorierte er und schaute auf die Karte, die sich auf dem Tisch befand.

„Mhm. Das sieht wie das Anwesen aus. Dann bin ich wohl immer noch in England und wurde nicht zwischenzeitlich von irgendwem entführt oder so. Gut, dann habe ich wohl tatsächlich den Wandel der Zeit verpennt. Ist ja auch erstmal egal. Aber ich denke, ich sollte aus England verschwinden. Falls es die Vampire noch geben sollte, werden sie wohl nicht besonders gut auf mich zu sprechen sein, nachdem was ich getan habe. Aber wohin kann ich fliehen? Irgendwohin, wo ich noch nie war und wo mich keiner kennt. Allzuweit sollte es auch nicht sein, weil ich nicht weiß, wie weit ich mit dem Blut von den dreien komme, nach all der Zeit."

In diesem Augenblick hörte er ein Rauschen herannahen. Er sah aus dem Fenster und konnte seltsame Metallgebilde, die mit Fenstern ausgestattet waren vor dem Fenster ausmachen. Diese Gebilde hatten sich bewegt und kamen vor dem Container zum Stehen. Blitzschnell verwandelte sich Sam in einen Raben und flatterte aufgeregt im Büro umher. Liz schrie immer noch wie am Spieß und als die Polizei das Büro betrat eskortierte sie erst einmal den Vogel an die frische Luft.

Sam flog so schnell er konnte davon und machte sich auf den Weg zum europäischen Festland.

# Kapitel 22

Als ihn seine Kräfte verließen, beschloss Sam einfach irgendwo zu landen, ganz gleich wo er sich befand. Es war mittlerweile später Abend geworden. Seine Kräfte schwanden schneller als er geglaubt hatte und schon einen Moment später nahm er automatisch seine Vampirgestalt an und fiel einfach aus dem Himmel in eine kleine, dunkle Gasse. Ein paar Müllsäcke und Tonnen fingen seinen Sturz ab.

In der Gasse waren ein junger, eher schmächtiger Mann und drei eher kräftigere Gestalten in eine Auseinandersetzung verwickelt.

„Na, Lassie? Was ist? Schaffst du es nicht dich gegen drei von uns zu wehren?"

Die drei kräftigen Gestalten schubsten den Hänfling hin und her.

„Och, na komm schon Struppi! Zeig doch mal was du kannst! Oder hast du irgendwelche Hemmungen?"

Das Opfer war definitiv eingeschüchtert und gab keinen Ton von sich, sondern ertrug die Schikanen der drei anderen geduldig. Dann rauschte und schepperte es im dunkleren Ende der Gasse. Die Drei drehten sich um.

„Was war das denn?", rief einer.

„Keine Ahnung. Aber Zuschauer können wir hier nicht gebrauchen. Kommt, wir verschwinden lieber. Es darf keiner wissen, dass wir uns hier mit dem Hund vergnügt haben, sonst wird der Chef noch empfindlich, dass wir seine Aktion gefährden."

Mit diesen Worten verschwanden die Drei im Dunkel der Nacht.

Ihr Opfer hingegen begab sich vorsichtig in die Richtung der Absturzstelle von Sam. Er sah den Vampir zwischen den Säcken und Tonnen liegen.

„Ähm. Hallo? Ist alles ok?", fragte er vorsichtig in Sams Richtung.

„Autsch. Ja, doch. Ich denke schon."

„Muss ja ein ganz schöner Sturz gewesen sein, den Sie da hingelegt haben."

Sam rieb sich das Gesicht und sah in Richtung seines Besuchers.

„Ja, scheint wohl so. Könntest du mir kurz aufhelfen?"

„Na klar. Mein Name ist übrigens Bruno."

Beim Aufhelfen nahm er Sams Hand und zog ihn hoch, dabei rümpfte er kurz die Nase und atmete tief ein.

„Oh, Scheiße. Du bist auch einer von denen. Lass mich bloß in Ruhe.", mit diesen Worten ließ er Sams Hand plötzlich los.

„Was? Jetzt beruhig dich erstmal wieder. Einer von wem? Was meinst du? Ich verstehe kein Wort."

„Na, die Typen vor denen du mich gerade sozusagen gerettet hast, waren Vampire. Und du bist auch einer."

Verwirrt kratzte sich Sam am Kopf.

„Ok. Also, zum einen; Ja, ich bin ein Vampir. Aber weshalb sollte ich dir irgendwas tun? Und was für drei Typen meinst du?"

„Gerade als du hier abgestürzt bist waren drei Vampire dabei mich belästigen und kurz davor mich aufzumischen. Als du hier so einen Radau gemacht hast, sind sie abgehauen."

„Aha. Ok. Ich verstehe immer noch kein Wort. Aber woher weißt du eigentlich, dass ich ein Vampir bin?"

„Das riecht man. Zumindest wenn man ein Werwolf ist."

„Oh, ein Werwolf. Einem von euch bin ich noch nie begegnet. Und keine Sorge, ich habe nicht vor dich in irgendeiner Form aufzumischen oder so."

„Wie ich bereits sagte, mein Name ist Bruno.", er hielt Sam die Hand erneut hin.

„Mein Name ist Sam.", er schüttelte Brunos Hand, „Sag mal, ich weiß, dass mag sich seltsam anhören, aber wo bin ich hier und welches Jahr haben wir?"

„Oha. Dein Sturz scheint wohl etwas heftiger ausgefallen zu sein. Komm erstmal mit rein.", Bruno deutete Sam den Weg zum anderen Ende der Gasse an, wo sich eine Tür befand.

Die beiden gingen zu der Tür und betraten ein leeres Café. Bruno begab sich hinter den Tresen.

„Möchtest du vielleicht erstmal einen Kaffee?"

„Warum eigentlich nicht. Kann ja nicht schaden. Ist zwar kein Blut, aber egal."

Bruno goss beiden Kaffee ein und setzte sich dann zu Sam an einen Tisch. Er zog eine Schachtel Zigaretten aus seiner Hemdtasche und legte sich einen Aschenbecher zurecht.

„Möchtest du auch?", er hielt Sam die Zigaretten hin.

„Was ist das?"

„Zigaretten. Zum Rauchen.", Bruno zündete sich eine an und zog daran, „Siehst du? So."

„Okay, ich nehme auch eine."

Die beiden saßen im Café, tranken einen Kaffee und rauchten sich eine.

„Also, wo genau bin ich hier gelandet und was ist das alles hier?", Sam zeigte einmal im Café herum.

„Du bist in Deutschland gelandet. Am Arsch der Welt. Das hier das kleinste Dreckskaff. Aber ich merk schon, du kommst nicht von hier."

„Das ist richtig, ich komme aus England. Was sagtest du, welches Jahr haben wir?"

„Da habe ich noch gar nichts gesagt. Wir haben 2016. Und du befindest dich hier in einem Café. Das ist eine Gaststätte, in der man Kaffee und so trinken kann. Wir haben auch ein paar Speisen im Angebot. Aber das dürfte für dich ja kaum von Interesse sein."

„Stimmt. Meine Nahrung ist eher anderer Natur. Aber dieses Zeug hier ist gut. Das merke ich mir. Kaffee und Zigaretten. 2016? Kein Wunder, dass ich völlig überfordert bin."

„Wieso?"

„Naja, ich habe die letzten 150 Jahre oder so geschlafen. Ich weiß es gar nicht mehr genau."

„Krasse Scheiße. Warum das denn?"

„Das ist eine lange Geschichte."

„Ok. Klingt nicht so als wolltest du sie mir erzählen. Aber ist auch verständlich, du musst erstmal mit der Zeit und so klarkommen. Du hast ja wirklich alles verpennt."

„Ja, das habe ich wohl. Naja, sagen wir mal so, ich habe kein Interesse daran irgendwas mit Vampiren zu tun zu haben. Um ehrlich zu sein, würde ich denen so gut es geht aus dem Weg gehen."

„Das klingt gut. So etwas hatte ich auch vor. Um ehrlich zu sein, versuche ich mich so gut es geht als Mensch zu verhalten. Diese ganze Werwolfsgeschichte hat in der Vergangenheit nicht so wirklich gut für mich funktioniert."

„Ich kann das sehr gut nachempfinden. Das sollte ich vielleicht auch mal versuchen. Und bloß schön untertauchen."

„Ähm ja. Ich weiß gar nicht, wie ich dir das sagen soll. Aber das mit dem Untertauchen könnte für dich etwas schwierig werden. Ich meine, du siehst aus wie ein Landstreicher, um das mal höflich zu sagen."

Bruno hielt Sam einen silbernen, blankgeputzten Serviettenspender hin.

„Ich sehe nichts. Was meinst du?"

„Ach so. Du kannst dein Spiegelbild nicht sehen?"

„Nein, kann ich nicht. Also, was meinst du?"

„Naja, deine Haare und dein Bart. Ebenso wie die Fingernägel. Das ist doch alles sehr auffällig. Du solltest sie dir vielleicht erstmal irgendwo schneiden lassen. Sonst könnte es schwer werden mit dem nicht auffallen. Und auch deine Kleidung ist irgendwie ein wenig aus der Mode gekommen."

„Ah, ok. Kannst du mir da vielleicht irgendwie weiterhelfen? Ich meine, wo ist denn ein Friseur oder Barbier oder so?"

„Mhm. Das wäre vermutlich auch zu auffällig. Ich habe einen Haarschneider zuhause. Du kannst erstmal mit zu mir kommen. Und dann können wir weitersehen. Ich muss nur noch eben den Laden dichtmachen. Warte am besten hier."

Nachdem Bruno das Café abgeschlossen hatte begaben sich die beiden in seine 1-Zimmer-Wohnung, die nur einen kleinen Fußmarsch von dem Café entfernt lag. Bruno zeigte Sam wo er sich ausziehen und duschen konnte.

„Während du da drin zugange bist, suche ich mal ein paar Klamotten von mir raus, die dir eventuell passen könnten. Und um deine Haare kümmern wir uns dann nach dem Duschen. Die Fingernägel musst du glaube ich einfach mal irgendwie versuchen zu schneiden.", sagte Bruno und drückte ihm eine Nagelschere in die Hand.

Sam verschwand im Badezimmer. Mit der Nagelschere kam er nicht besonders weit. Daher entschied er sich kurzerhand die Nägel einfach abzubrechen, was sehr schmerzhaft war, aber etwas Anderes fiel ihm in diesem Moment nicht ein. Danach drehte er das Wasser auf eine ihm angenehme Temperatur und machte sich daran zu duschen. Als er fertig war, öffnete er die Duschkabine und wollte gerade hinaustreten, um sich abzutrocknen als er rückwärts wieder reinfiel.

„Hallo Hase!", tönte eine fröhliche, weibliche Stimme.

„WAAAAAAH?!", rief Sam während er nach hinten kippte.

Ein junges, hübsches Gesicht schob sich in sein Blickfeld.

„Oh, du bist ja gar nicht mein Hase.", sagte sie und machte ein überraschtes Gesicht.

„Nein, das bin ich nicht."

„Was?", ihre Augen weiteten sich.

„Ich bin nicht dein Hase!", rief Sam.

„Du … du … kannst mich sehen?"

„Ähm ja?", gab Sam unsicher von sich.

In diesem Moment flog die Tür auf und Bruno kam hereingestürzt.

„Ist alles ok, Sam? Ich habe ein lautes Scheppern gehört."

„Ja, ist alles ok. Deine kleine Freundin hier hat mich erschreckt. Das ist auch schon alles.", Sam richtete sich auf und nahm sich ein Handtuch.

„Du kannst sie sehen?", fragte Bruno mit weit aufgerissenen Augen.

„Ja, warum denn auch nicht?"

„Naja, sie ist ein Geist.", erklärte Bruno.

„Und bisher konnte mich nur Bruno sehen.", fügte das Mädchen hinzu, „Ich bin übrigens Maria."

„Mein Name ist Sam. Ich bin ein Vampir."

„Ah cool."

„Und ich würde mich jetzt gerne in Ruhe zu Ende abtrocknen."

Die beiden Badezimmergäste ließen Sam alleine. Nachdem er mit Abtrocknen fertig war, reichte ihm Bruno einen Satz Unterwäsche sowie eine Khakifarbene Cargo Hose und einen dunkelblauen Kapuzenpulli, worunter er ein schwarzes T-Shirt trug. Danach setzte sich Sam auf einen Stuhl im Wohnzimmer und Bruno schnitt ihm die Haare und den Bart. Danach setzten sie sich auf die Couch und rauchten sich noch eine.

„Okay. Also, ihr seid ein Werwolf und ein Geist. Und ihr lebt zusammen?", versuchte Sam die Situation der beiden zu begreifen.

„Genau. Und Bruno war bisher der Einzige, der mich sehen konnte, wie ich schon sagte."

„Und warum ist das so? Ich meine, habt ihr da irgendwie eine Idee?"

„Das scheint mit der Übernatürlichkeit von Werwölfen und Vampiren zu tun zu haben."

„Mhm, das ergibt Sinn. Und weshalb lebt ihr zusammen?"

„Naja, das ist eine lange Geschichte. Aber in der Kurzfassung: Nachdem sie gestorben war, tauchte Maria einfach bei mir auf und hat mich begleitet."

„Immerhin bist du für meinen, ähm, Zustand mitverantwortlich. Aber gut, das ist ja jetzt auch egal. Ich liebe meinen Hasen, deswegen begleite ich ihn seitdem er von zuhause weg ist. Bleibst du jetzt auch bei uns? Das wäre doch voll cool. Dann sind wir eine Dreiergruppe. Nicht, dass ich was dagegen hätte eine Zweiergruppe zu sein, aber zu dritt wird es, glaube ich noch lustiger."

„Naja, ich weiß eh nicht wohin und ich brauche definitiv Hilfe dabei mich zurecht zu finden. Also, von mir aus bleibe ich gern bei euch. Wenn Bruno nichts dagegen hat?"

„Nein, habe ich nicht. Das finde ich gut. Dann können wir uns gegenseitig helfen. Ich dir mit der Welt heutzutage zurechtzukommen und du mir mit dem ganzen Übernatürlichen Zeug."

„Cool.", freute sich Maria, „Ein Werwolf, ein Geist und ein Vampir. Und das in einer WG. Das klingt wie der Anfang von einem dieser Witze in Filmen, von denen man nie die Pointe mitkriegt."

„Stimmt.", pflichtete Bruno bei.

Dann lehnten sich Bruno, Maria und Sam auf dem Sofa zurück.